你好，小村庄

张草原 著

江苏凤凰文艺出版社
JIANGSU PHOENIX LITERATURE AND ART PUBLISHING

图书在版编目（CIP）数据

你好，小村庄 / 张草原著 . -- 南京 : 江苏凤凰文艺出版社 , 2022.3
ISBN 978-7-5594-5473-7

Ⅰ . ①你… Ⅱ . ①张… Ⅲ . ①散文集－中国－当代
Ⅳ . ① I267

中国版本图书馆 CIP 数据核字 (2021) 第 231465 号

你好，小村庄

张草原　著

责任编辑	白　涵
特约编辑	谢婧怡
装帧制作	小　渔
责任印制	刘　巍
出版发行	江苏凤凰文艺出版社
地　　址	南京市中央路 165 号，邮编 21009
网　　址	http://www.jswenyi.com
印　　刷	北京中科印刷有限公司
开　　本	880 毫米 ×1230 毫米 1/32
印　　张	6.75
字　　数	105 千字
版　　次	2022 年 3 月第 1 版
印　　次	2022 年 3 月第 1 次印刷
印刷书号	ISBN 978-7-5594-5473-7
定　　价	45.00 元

目录

时间没有流走

酸甜味道的烟火

那就等一等

时间
没有流走

外婆的背

在我二十九岁这年，我发现我比我外婆高了。

外婆体形高大，走路时身子有点儿左右摇，远远地走过来，像只慢吞吞的熊。

小时候我最爱去的就是外婆家。

妈妈开始学做生意。外婆赶集常到妈妈的档口，拉起坐在地板上正把蟑螂的翅膀卸掉的穿着粉红色蓬蓬裙的我，要带我一起回家。妈妈总是不答应，因为外婆有大把农活儿要干，不忍增加她的劳累。外婆不高兴，板着脸，噘起嘴巴，像个受委屈闹脾气的老小孩儿，我也学着她的样子，板着脸，噘起嘴巴，趁妈妈还没反应过来，手给外婆，外婆牵着我就走，妈妈连忙追上，快速塞点儿钱在我口袋里，带着警

我把脸贴在外婆背上，湿湿的。

外婆容易出汗，但汗味儿不大，

混着衣服上的肥皂味儿很好闻。

告的语气说：“不要闹阿婆买东西吃啊。”

时候不早啦，街上赴圩（集市）的人散了一大半，街上的酒摊儿也准备收桌。

庄稼有季节，耽误不得。靠土地营生的人，脚扎根在泥土里，即使离开田地，洗净脚上的泥土，脚步也迈不轻松，他们把四季背在了身上。

会酿酒的女人挑上自家酿的酒，在街上支一张小桌，再摆几张小塑料凳，放一叠碗。一碗淡黄色的水酒两毛钱，一碗红赤的娘酒也是两毛钱，好酒的人坐在一起，随便聊上一句，一碗碗酒下了肚。冬天的酒香最馋人，一碗下肚，全身都暖。水好，土好，酒就多。街上的酒厂开窖时，不用春风相送，闻着闻着都醉了。酒鬼也多，一条街，这里躺一个，那里躺一个，呼噜声四起，一个比一个响，好似较劲地比着谁肚子里的酒最香。

外婆把我带到肉丸店，笑着说：“吃了肉丸回家可得自己走路哦。”肉丸店老板娘守在灶台前，脸又圆又红润，常年用一对红色的塑料发夹把刘海分两拨夹住，像个大胖娃娃。老板在挖肉丸，一盆打成糊状的肉糜，一盆水，左手抓一把肉糜，轻轻一握，一颗圆圆的肉丸从虎口处冒了出来，右手的调羹把肉丸挖了放水里，一起煮熟。一块钱一碗肉丸汤，撒葱花和胡椒。先嘬一口汤，汤的香甜和胡椒的辛辣冲刷着唇齿。一颗肉丸把嘴巴塞得满满当当，外婆看着笑，接着帮我吹凉下一颗。

我当然不会自己走路回家，还没有走多远就喊累，外婆蹲下把背留给我，我跳了上去。

走在国道，两边水田秧苗刚插，燕子斜飞剪过水田，外婆摇了摇背上的我："你看，燕子穿花衣飞回来了，你也是燕子。"

我把脸贴在外婆背上，湿湿的。外婆容易出汗，但汗味儿不大，混着衣服上的肥皂味儿很好闻。听着外婆说话，看着时不时超过我们的自行车，认识的人会按铃打声招呼，外婆看着背影大声问："你也赴圩？""系（是啊）！"骑自行车的人回头匆忙应答后继续赶路。羡慕着会骑自行车的人，无心回答外婆的话。

到了村子，野蔷薇，白的，粉的，红的，这里一大挂，那里一大挂，我要外婆停下，伸长手去摘花，外婆头上戴一朵，我戴一朵。在田里干活儿的人都认识外婆，路过时起腰打招呼："这是你三嫲（三妹）的女儿？都好大了。”“系！嘴巴像极了我三嫲。”外婆答完，哈哈大笑。

一条一米宽的田间小道连着大路和外婆家，路口有墩竹子，又浓又翠。到了这里我要求自己走，刚下地就跑。家门口是一片水田，这一片平坦广阔的土地像布，秧苗绿时一片绿；水稻黄时一片黄。我一边跑一边对着远处的山大喊“啊”，山也不会把我的“啊”客气地还回我一点儿，我才不想要。花掉了我才回了一下头。

外婆的话真多，关于妈妈，关于爸爸，关于妈妈和爸爸。回家的路很长，我趴在外婆的背上也不觉得远。

我说她：“你把我妈宠坏啦，她总是发脾气。”她说：“你妈不也这样宠你？”

跟妈妈生气时最常说：“我去阿婆家住不回来了。”妈妈一脸鄙夷：“你去啊，自己去，那么远看你自己能不能去。”

哼，我才不觉得远。

跑到家，快速从屋檐下取下簸箕去水塘里捞鱼。水塘就在家边上，我一拿簸箕，外婆养的猫立马跟着我。外婆呢？去给我弄好吃的去了。

月光光　秀才郎

外公的牙齿很早就掉光了，脸上的肉软软塌塌的。我可不敢伸手去摸，手一伸，被外公捉住，把下巴放我手背上来回蹭，粗硬的胡楂刺得我手疼。

外婆忙，家里家外地忙来忙去。外公则牵着我去路口买菜。路口有一墩竹子，竹子下面有家小店，卖猪肉，卖零食。据说卖猪肉的中年男子追过妈妈，还提过亲，但外公嫌两家太近了，不同意。他看到我，眼神幽幽地说："越来越像你妈妈了。"外公买一斤五花肉，带皮，拎着进店。

迎人的是小店特有的——陈旧玻璃柜子的陈木味儿，开了包装放在柜台上的月光饼味儿，还有小卖部吸烟、喝茶的人留下的烟头和茶渣，以及一缸散装白酒。

外公买一块五香饼和一杯白酒，饼是我的，酒是他的。拿饼坐门口吃，一口咬下去，饼里面的花生、芝麻、糖冬瓜、肥猪肉、葱花都藏不住啦。小卖部爷爷瘦高个儿，满头白发，从柜子里端出花生。两人能聊。外公一边聊，一边往嘴里塞粒花生。没有牙齿，吃花生急不来，用牙龈慢慢磨碎，脸上软塌塌的肉一动一动，像搓揉着的面团。抿上一小口辛辣的白酒，眉头攒攒，酒往里咽下。酒的辛辣一路冲到胃里，却舒畅无比，外公重重呼气，狠狠地吐出不快。

饼吃完了，外公也放下酒杯。喝过酒后的外公心情特好，蹲下来背我。他一遍遍地念："小燕子，'砰砰'飞，飞到八尺下大柘，到哩大柘爱搭信（到了大柘要写信回来），年年春天都会转。"头顶上有蜻蜓飞过，我想要蜻蜓，伸手不停抓着，外公抬头看了下，接着念："小蜻蜓，飞呀飞，飞到排下寻燕子，话涯（告诉）燕子快快来，阿公买肉门口等。"

外公把肉随便洗洗，大半瘦肉剁碎，剩余的切块儿，有手指头厚，抹盐，放锅蒸。肉得蒸特别久，看吧，厨房里外婆刚放的一捆柴都用去大半了，等外婆回来又得骂了。

外婆从地里回来，放下锄头，摘下斗笠，头发被汗浸湿，服帖地趴在头上。卷下裤腿，叶子和泥土纷纷地掉了下来。饭好了，有烙肉饼、蒸五花肉、炒地瓜叶。

外婆总会替我夹菜，一份肉饼大半都夹进我碗。外公夹块儿五花，放嘴里，没嚼几口，油从嘴角流出，咽下，说：“你妈妈小时候最爱吃肉饼，买两三两肉剁碎蒸给她，她挑食，带点儿肥肉都不吃。”妈妈跟我说过这事儿，她是家里唯一的女孩子，受外公、外婆的宠爱，家是清贫的，一小碗肉饼上桌，几个舅舅看着不停地咽口水，一伸出筷子，就被外公发现打掉。

吃过午饭的外公，回屋躺下，外婆要收拾碗筷，还要喂鸡、喂鸭。正午的太阳直直照下，天井里早上外婆洗衣服倒掉的水都晒干了，蹲在门口的我犯困，外婆让我去找外公。

外公房间的窗开向走廊，照不进阳光，阴暗潮湿。床底下有尿壶，尿满了，溢出了地面。房间有张黑色的弹簧沙发，皮烂了，海绵裸露，陷进大半。我站沙发上借着弹簧的力蹦蹦跳跳。外公坐着靠在床头抽水烟，一吸，水烟“咕噜噜”地响，白色的烟一腾一腾，被蚊帐一拦，散开。房间里散满白色的烟，像白色的云朵，我问外公：“能不能抽多点儿烟，变成云朵，我就可以飞了。”外公说：“你本来就会飞，你是燕子，年年春天飞回来。”

外公终于放下手里的水烟壶，招手喊我。我从沙发上跳过去，在外公身侧躺下。外公不讲故事，念童谣，抽过烟后的嗓子哑哑的，喉咙里像有只猫，发着“呼噜噜”的声音，还没开口咳嗽先来，痒着喉咙的痰咳出，起身，啐在地上，顺顺气便开始念：

> 月光光，秀才郎，骑白马，过莲塘，莲塘背，种韭菜，韭菜花，拗去拗转（飞来飞去）结亲家。
>
> 亲家门前一口塘，放个鲤鱼八尺长，鲤嫲（鲤鱼）肚里做学堂。做个学堂四四方，个个赖子读文章，读得文章马又走，赶得马来天大光哦。

闭着眼睛，房间里刺鼻的尿氨混着呛人的烟味儿，把我的心压得静了下来，听一遍不够，要求外公再念一遍。

一匹白色的马出现在路口那墩竹子下，蓝色的天，苍翠的竹，马蹄落地“咯哒咯哒”地响，我在黄色小路这头等它过来。

酒醉外公

外公又喝醉了。

他从路口那墩竹子下的小店走出来，一路摇摇晃晃，差不多把身后走过的路都晃乱了。路只有一米宽，两边各有半米宽的水渠，跨过水渠是成片的水田，水稻收割完，稻田里剩一寸长的稻梗。稻田要翻新，把水渠里的水引流到田里，等田放满水，拉一头大水牛，一张犁，大水牛在前面拉，此时在牛后面扶着犁的是上屋的表舅，他手扬一根竹条，牛的脚步慢些，竹条落下。表舅偶尔吆喝一声，他的狗蹲在屋前看着主人犁地，替主人看家，有人路过它就站起来汪一两声，最沉默的是牛，沉重让它开不了口。

我站在门口看着外公，他像枝柳条，随风晃来晃去。

我担心他晃到水渠里去了，又不想上去扶他，路太窄，有一次外公把手搭我肩膀上，我带着他回家，结果两个人都挤到水渠里去了，外公躺在水渠里起不来，顺势翻个身，“呼噜噜”地睡着了，而我一身泥一身水地跑回家叫外婆，为此还挨了骂。

外公摇晃上前，一身酒气，混着烟草焦油的味道一阵阵浓浓地砸了过来，我小心翼翼地呼吸着。“燕……燕子……”外公口齿不清，喉咙里像有只猫，在呼噜呼噜。外公喝得脸颊泛起了两坨红，眼里蒙了层雾般。见我呆呆看着，没有反应，外公微微笑一下，从我身边擦过，兴奋地念着：“燕……燕子……穿花衣，年……年春天……来这里。”醉酒的外公话说不清又爱说，他没有穿鞋，脚上裤腿挽起，腿上没有泥，脚步凌乱，早上拿着那镰刀背着草篮说要去割鱼草，可镰刀和草篮现在也没有在身上。不用说，外公一定是没有去割鱼草而跑去喝酒了，酒喝多了，镰刀和草篮落在小卖部里了。

外公烟酒不离手，饭桌上的玻璃的二锅头酒瓶空了许久，我好几次想拿去装鱼都被外公放了回去，给我一个空了的南台酒瓶，南台酒瓶是白陶瓷质地，我把鱼装进去看不到，它们要来有什么用？我噘起嘴巴不高兴，外公也不理我，把二锅头酒瓶往高处放。好几次外公吃饭嫌外婆做的菜没有味道，嘴巴“吧唧吧唧”，放下碗筷起身拿下二锅头酒瓶，揭开塑料盖子，鼻子凑瓶口处就闻起来。

外公馋酒的样子像极了猫遇到鱼。

外公踩着凌乱的步子回了房，直接爬上床一躺，脚没有洗就搁在被子上，黑黑的被子也不差这一脚。房间里阴暗，常年累积的烟、酒和尿的味道在房间里浓得化不开。之前外婆说她房里进了老鼠把箱子里的衣服咬烂了，外公说是她房间里东西堆太多了，所以才遭老鼠；他房间东西少，就不招老鼠。才不是嘞，大概老鼠是闻着外公房间里的味儿，看着黑黑的被窝下不了嘴吧！

外公睡着后，呼噜声一会儿高一会儿低，一会儿快一会儿慢，偶尔吸一口好久也没吐出来，跟着外公的呼吸节奏呼吸，我快喘不过气来了。家里只有我一个人，外婆去地里起番薯，番薯地在家对面那山上，中间隔着一大片水田，仲夏太阳毒，地里花蚊多，外婆要我待在家里。我也不敢跟着去，那里有座新坟，村里有个爱喝酒的男人酒精中毒去世，这座坟是他的，坟上的黄泥还新。留在家里的我也拒绝了外外公睡着后，呼噜声一会儿高一会儿低，一会儿快一会儿慢，偶尔吸一口好久也没吐出来，跟着外公的呼吸节奏呼吸，我快喘不过气来了。

公邀我去地里割鱼草，外婆的虎纹花猫下了一窝小猫仔，四只小猫像老鼠，眼睛还没有张开，晃着脑袋爬几步摔一跤，它们那么可爱，比去地里好玩儿多了。

我走到门口坐在石板上，大地被火烤过般，暑热随风阵阵扑来，屋后树林里的蝉鸣如热油里炸吃食。晾在屋檐下衣服已经干了，夏天我们都穿的确良（涤纶），的确良不仅穿着轻，而且干得快。

夏天，坐得久了，人就沉，不知不觉眼皮也重。

如果不是外婆回来叫我，从屋后山林里钻到天井的风要把梦也带给我，外婆挑着两箩筐的番薯放在屋檐下，摘下斗笠，外婆问："你外公回来了没？"我答："外公喝醉了，在房间睡了。"外婆立马拉下脸，外婆的脸，如天，阴天还是晴天，抬头就能看出。

"这个老鬼，酒醉鬼。"

外婆很不高兴。外婆从箩筐里拿了根番薯往天井走去，我跟了过去，外婆将番薯洗去泥，递给我，外婆种的番薯红皮黄芯，带皮一口咬下去，咯嘣脆，甜。外婆洗净脚上的泥，用手帕擦净脸上和脖子上的汗渍，光着脚去叫外公起床。外婆的脚大，我的脚放在外婆脚印上，简直和小猫、小狗般。不管外婆怎么叫，外公依旧熟睡中，外婆没办法，转身出去进厨房准备午饭。

灶膛的烟四处散佚，火烧起来后厨房又闷又热，外婆让我出去等，番薯要吃完了，剩最后一口，不吃，扔屋顶，番薯掉在瓦片上，“咯”的一声，外公不会听到。

看电影

我有一条公主裙，粉红色，正中绣着一颗桃子，裙摆有三层。我穿着这裙子出去，遇到认识的人，总要展示下裙子的厉害之处：“它有三层，你看，我的裙子很厉害。”说完，我还一层层地掀开展示给眼前的人看。

“好厉害。”

获得肯定后，我旋转起来，裙摆飞起时，我像只要飞的蝴蝶。所以，当外公说晚上坪上有电影看时，我当然要穿我的公主裙去。

吃晚饭时外公说：“快点儿吃，不然去晚了电影都开始了。”

我立马张大嘴巴，把饭往嘴巴里扒，饭扒得多了，一边嚼饭粒一边往下掉，安安立马过来舔了个干净。安安是外婆养的土狗，每次去外婆家的第一天，刚到院子，安安都要冲我吠几声，被外婆呵斥后才安静下来。相处了两天，安安就知道我每次吃不下的饭都会倒给它，还有那带肉的骨头，趁外公、外婆不注意时我也会偷丢几块儿给它。一到吃饭时间，安安就守在我位置的桌底下，咧开嘴，眼巴巴地望着我。为了早点儿去看电影，我扒一口饭，再扒大半给安安。

好不容易把饭吃完了，外公又拉着我说要给我扎头发。

外公那双手，粗笨有力，张开手掌可以把我的头顶全部罩住，我的头发稀疏细黄，上一次他帮我扎头发把我的头皮扯得又痛又麻。外公看我迟疑，说："穿着裙子要扎头发才更漂亮啊。"看外公手里已经拿好一把红色的小塑料梳子和一根黑色的橡皮筋，我只好硬着头皮让他扎头发。

坪上是一块儿大水泥地，是村民平时开会的地方，水稻收割完，放映队下乡，用电影来犒劳村民仲夏经历的每一场火热。

等到我和外公出发时天已经黑了。外公把我放在他肩膀上，我手抱着他的头，外公一手拿着手电筒，一手拿着长烟斗。小路两边没有路灯，溶溶的月光从天倾泻，就着月光，外公把走了成千上万的小路踩得踏实有力。山谷里夜鸣的鸟儿把夜叫得空旷又深寂。远处人家亮着昏黄的灯，有些人家过年在门口挂有灯笼，这天也会特意点亮，漆黑的夜，红的灯笼，像从沉睡中醒来的怪兽的猩红的眼。

我觉得害怕，用力箍紧外公的头。外公说："别怕，天上有那么多星星。"

抬头看天，密密麻麻的星星如水泼地溅起的水珠，蹦了上天，成片。我们在走，无穷辽阔的天际也想看看我们有没有乱了步子，跟着默默移动。

快到坪上时，遇到的村邻多了起来。小孩子在前面快步走，大人腿虽长，但习惯了在泥土地里的挣扎，步子迈得并不开，都被孩子们甩在了身后，小男孩儿剃短的头发，像收割后稻田里剩下的一茬儿茬儿稻梗。小孩儿遇到了玩伴，大家追逐满场跑，大人的叫唤和叮嘱根本不管用，如果不是悬空拉出的幕布上亮了光，我相信他们一定能追逐到天亮，光让他们安静下来。

电影开始了，迎着幕布上的光，大家把板凳放下坐了下来，外公没有带凳子，站在最后面；而我在外公的肩膀上不愿下来。跟外公站在一起的是上屋的表舅，表舅镶了几颗金牙，一说话，闪着光。他掏出香烟，是青梅软装，绿色的，递给外公一支，村里的男人一见面就掏烟，各自点上烟后，用力地吸一口，吐出，再说话。外公带着长烟斗，兜里只有烟丝，抽完表舅递的烟后掏出自己的烟丝，扯出一点儿，装进烟斗。外公抽的烟，往上升，烟飘散在我眼前，把电影整得云里雾里的。

比电影吸引人的是前面那个坐着的剪着齐耳短发的女人，嗑着葵花子儿，放一粒在嘴巴里，"咯嘣"地咬破壳，用舌头卷出子儿，把壳吐地上。再往前点儿，那个胖胖的穿着无袖碎花上衣的阿姨从家里带了袋水煮花生，外婆家的花生也都挖完了，挑小个儿、不够饱满的用盐水煮，胖阿姨的花生应该跟外婆种的花生一样的香甜吧？村尾的村民骑着摩托车来，村里有摩托车的人不多，尤其是像他这种的红色大嘉陵更少见，他靠在摩托车上，不看电影，跟身边的人交谈起来，时不时看着场内的村民，有正好认识又看着他的，他立马招招手。比我还不认真的就是村民带来的狗了，这狗汪一下，那狗汪一下，附近没有跟着来的狗也不停"汪汪汪"地回应着。

电影结束了，白色的幕布灯暗了，坪上也暗了。

比我还不舍得回家的是村民，开始跟周围的人聊了起来，一句电影，两句庄稼。电影放着时，大家都没觉察出坪

电影的夜，有光；

幕布暗了，今夜村民的梦亮了。

上蚊子多；电影放完了，村民的手挥个不停。

聊天也是外公爱的，跟村民聊酒，聊焖肉。大家走完，外公才背着我回家。

热闹喧哗的坪上瞬间安静下来，草丛里的鸣虫“吱吱唧唧”地叫着，此起彼伏。天上的星，地上的虫鸣，送着埋头回家的人。

到了家，外婆已经睡下了，门口亮了盏灯。外公打着手电筒直接把我放到外婆床上，外婆拿着蒲扇的手搭放在额前，闭着眼睛。

我爬了进去，外婆的床结实稳固，晃都不晃一下。外公出去了，房间一片漆黑，不用灯我已经知道枕头边放有一颗苹果，我闻到了苹果特有的清香。外婆拿着蒲扇的手又摇了起来，蒲扇的风又轻又凉，她没有睡，问我：“电影好看吗？”“好看。”“讲的是什么？”“不知道哦。”

“把苹果吃了睡吧。”也不知道外婆把苹果放在哪里，每个晚上关了灯后总会摸出一个苹果给我，我快快地把苹果吃完，汁儿弄脏了手。把核递给外婆，外婆伸手把核放到床边的梳妆台上。手上残留的汁儿黏糊糊的，在身上擦了擦，裙子挺括的手感让我猛然想起今晚我居然忘记给大家展示我裙子的厉害之处了。

电影的夜，有光；幕布暗了，今夜村民的梦亮了。

一团芒花

外公背了篮鱼草回来。

青灰色的衬衫，黑色的长裤，裤脚挽到小腿肚，没有穿鞋子的脚上还挂着泥。

鱼塘在家旁边，放养有草鱼和鲤鱼。鱼塘上立了两个木桩，一截木头钉在两个木桩上，几块儿木板，一头搭在鱼塘边儿的石头上，一头搭在木头上，做成了放鱼草用的架子。

外公走到架子的尾端，把草篮放下。外公蹲下，把草从草篮里扒出，用手拨开，青绿的鱼草顺着一圈圈的水波荡到鱼塘中间，水底的鱼看到荡过来的草立马浮上快速咬住，把新割的草拉下。鱼塘的水看上去是青黑的，草鱼也是这个颜色，草鱼拖草时，若忽略它张开嘴巴时带动的水纹，根本发现不了它，而鲤鱼就吃亏了。鲜红的鲤鱼如点在青黑的纸上，晕开，消散。

鱼塘里除了草鱼和鲤鱼，有螺蛳附在池塘四周光滑墨绿的石头上。外公把铁网插到鱼塘出水口处，挖开堵住的泥，鱼塘的水卷着淤泥“哗啦”冲到水渠里，这条水渠经过屋前的院子，绕到远处的水田汇到河里。放牛的男生趁牛在河边吃草，脱光了衣服跳到河里正开心，被卷着淤泥的水蒙了眼，立马爬上岸，反刍着草的牛看到光着身子的小主人，默默转开头。

水面降低后，外公脱下长裤，只穿条短裤下鱼塘摸螺蛳，顺便让我把家里的脸盆拿过来。脸盆是搪瓷的，盆身釉着一圈的双喜字，盆底是红色的大牡丹。螺蛳壳青，螺旋长，个头儿小，繁殖快，一把把摸出丢到脸盆里，“咚啦啦”的声音很好听。

外公把脸盆端到天井，用手捧住螺蛳对搓，壳壳相搓，螺蛳壳上的泥和青苔能搓掉大半，用水冲掉，再往盆里倒水静养两天。外公洗净脚上的泥和用稻草团成的“洗碗布”，搓掉手上残留的腥味儿。脸盆的水波散了，白墙黑瓦映到盆里，螺蛳怯怯地探出须。

外公穿上裤子，掏出烟丝，从大门背后拿出长长的烟斗，坐在大门口的竹椅上开始抽烟，一口辛辣的烟吸进了肺，引得外公阵阵咳嗽。外公是有手艺的，他坐着的椅子是他亲手做的，还有箩和簸箕。从屋后竹林砍根毛竹回来，砍下一段，用厚背的篾刀剖掉篾白劈成篾青条，编织时，篾条在外公的怀里跃动，像极了池塘里跳来跳去的鱼。毛竹根部歪长出细小的竹，也逃不出外公宽大粗糙的手，被连根拔起，用小刀细细地削掉根部的须，刻刀一点儿点儿地挖出斗，用一端磨细的细长铁条一点儿点儿地捅掉竹节。烟斗用得久，斗壁有烟油，烟油黑得发亮，火一点，烟油“滋啦”作响。

外公望着门口成片的水田，一搭一搭地抽着烟。水田里的水稻刚抽穗，空气中流淌着稻花的清香。水田那边是山，山顶的太阳红着脸往山背滚，外婆去地里除草差不多要回家了，回到家看到饭还没有蒸，鸡也没有喂，晚上吃的菜都没有准备好，又要骂外公好吃懒做了。外公一点儿都不着急，似乎忘记了中午刚挨外婆骂。要是外婆骂我，我估计我马上会哭出来，并且再也不犯错。外婆从来不骂我，而天天挨骂的外公却不怕外婆骂。

水田里的水稻刚抽穗，空气中流淌着稻花的清香。

外公把烟袋里的烟丝抽掉大半后才起身，烟斗在大石板上敲敲，门口打食的鸡立马撒腿跑来，黑色的烟诟掉在地上，鸡等不及地啄了去，又烫又辣，赶紧甩头吐出来。外公把烟袋折好放回口袋，烟斗放回门背后，拿起挂在墙壁上的渔网喊我捞鱼做晚餐。

鱼吃饱了草，钓鱼行不通，趁摸螺蛳放掉了大半的水还没补满，下鱼塘捞鱼。外公脱掉长裤，走到鱼塘中，握着捕鱼网，一动不动，盯着水里的鱼悠闲地游来游去，趁鱼在身边没有游走时迅速地对准鱼捞下去，将其快速地捞起来，一条大草鱼屈在网里挣脱不开。

外公把鱼杀好砍成一块儿块儿的，放到粗陶的大钵里，刚回到家的外婆还没有把锄头放下，看到外公端着钵里的鱼进厨房，立马拉下了脸。鱼塘的草鱼不多，年底外婆要用来晒鱼干的，而外公，在鱼肥后会隔些日子捞一条。

“家里没菜，给燕子吃。”外公看到外婆进来，拿我当挡箭牌。外婆看着我，我看着对半切开的鱼头，想着鱼头蒸好时的肥美鲜嫩忍不住地吞了吞口水。外婆笑了，一脸的褶子凑在一起，像鱼游在一起吃草。我亲了亲外婆的脸，她的脸跟鱼头一样滑。

外公准备晚饭，饿了的鸡从狗洞里钻进来，把外公杀鱼后未及时清理掉的鱼鳞和鱼鳃啄得到处都是，外婆拿起扫把把鸡赶出去，一边扫地一边骂外公。扫把是外公做的，每年到风一吹芒花就飞时，外公就把芒花割下，捆扎成扫把，再用木棍拍打，让芒花飞尽，我最爱看芒花飞，轻轻地，一粒粒地，荡起又落下。外公做的扫把轻便，握在手里扎实，妈妈建议外公做多些，可以拿去集市上卖，外公总说做一把要费不少时间，卖不了多少钱。不愿意积少成多，却将大把大把的时间用来喝酒，外公干活儿的心像芒花，一时兴起，很快降落。

饭做好了，几块儿鱼肉清蒸，铺着姜和葱头，淋些酱油。外婆担心我不会吃被鱼刺卡住喉咙，将鱼腩全夹给了我。不见鱼头，我把筷子放到桌上，嚷着要鱼头，嘟着嘴拒绝吃。外公说：“鱼头骨头多，没有肉，鱼腩好吃，吃鱼腩吧。”“不，我要鱼头。”我从凳子上下来，坐到大门石板上，嘴巴不停念着：“我要鱼头，我要鱼头，我要鱼头……”

外婆又把外公骂了，“燕子要鱼头你就蒸啊，留心看着她吃就好了。”外婆走进厨房，我也起身跟着去。外公把剩余的鱼肉用盐腌着，挂在厨房的棚上，外婆取下，挑出鱼头放锅里蒸。火灶里的炭火未灭，塞把鲁草，火很快烧了起来。我守着锅里的鱼头不停地往火灶里塞鲁草，厨房黑黑的，外婆回饭桌端起碗夹些菜，进来厨房陪我，外婆夹一口鱼肉要喂我，我看了看冒着热气的锅摇了摇头。

火灶里的火胃口很大，把鲁草整整齐齐地吃得一点儿也不剩。外公重重的咳嗽声一下又一下地连接不停，不知道是喝酒被呛到，还是饭后抽烟被辛辣刺激到。“这个老鬼！”外婆骂了声便匆匆出去了。火灶里的火照得我身上红红的，这灶台的火，是光。

再也不远行

爷爷的爷爷，为了讨生活，选中了一个山之外还是山的地方扎根，这个地方叫泥坑子。开山破土，在半山腰上建房子，开梯田，挖水塘，锄菜地。从我记事起，泥坑子就住了那么三四户人家，不是叔公就是大伯、叔叔，开始大家住一个祖屋，后来各自在祖屋旁边建了泥砖黑瓦的房子。泥砖是自己弄的，上山挖黄黏土，混着沙子和稻草加水搅匀倒到砖模里，压实，脱模，晒干。没有人跟我玩儿时，我自己跑去后山，摘果实，拔草药。

泥坑子有不少老果树，据爸爸说，这些果树是爷爷还小时就种下的，分布在去梯田的半山腰上、山谷下的菜地边儿和屋后的树林里。我午睡后头昏昏沉沉的，穿上红色塑料拖鞋，走到衣柜里，翻开小时候穿过的棉衣、棉裤，找出前些日子藏进去的李子。哥哥爬上长满青苔的李子树，摘了往下丢，我捧着斗笠捡起放进去，哥哥不担心我偷吃完，刚摘的李子又青又涩，端回家，放墙角，过段日子才能红。我嫌慢，往衣柜里藏。熟了的李子又红又软，散发出阵阵馨香，一口咬下去，汁液往下流，李子的香甜布满味蕾，把午睡后的昏沉寡淡冲了去。

吃不够。顶着滚烫的太阳翻到后山。后山有棵大的沙果子树，一粒粒黑黑的如小拇指盖儿大的沙果子摘一把丢进嘴里，酸酸甜甜的，山上的风吹过来，整个人凉爽、清透极了，真想就地打滚儿，从山的这头儿滚到那头儿，再滚回来。最酸的要数“鸡合子”，形如腰果，小小粒，熟时淡黄，皮薄，有仁，摘一粒放嘴巴里，用舌头卷住吸，酸得我，不停地咽下口水。

经过树林时，抬头看到一棵青青的果实挂在树上，捡起树棍敲下来才发现是李子，看那树，老皮表面疙疙瘩瘩，至少有二十几年的树龄了，长得瘦直，隐在毛竹和杂树丛里，若不是无意发现了这颗果实，任谁也不会知道那里长着棵李子树。找了找，发现这李子树只结了一棵李子，仿佛是用积

泥坑子有不少老果树，据爸爸说，
这些果树是爷爷还小时就种下的。

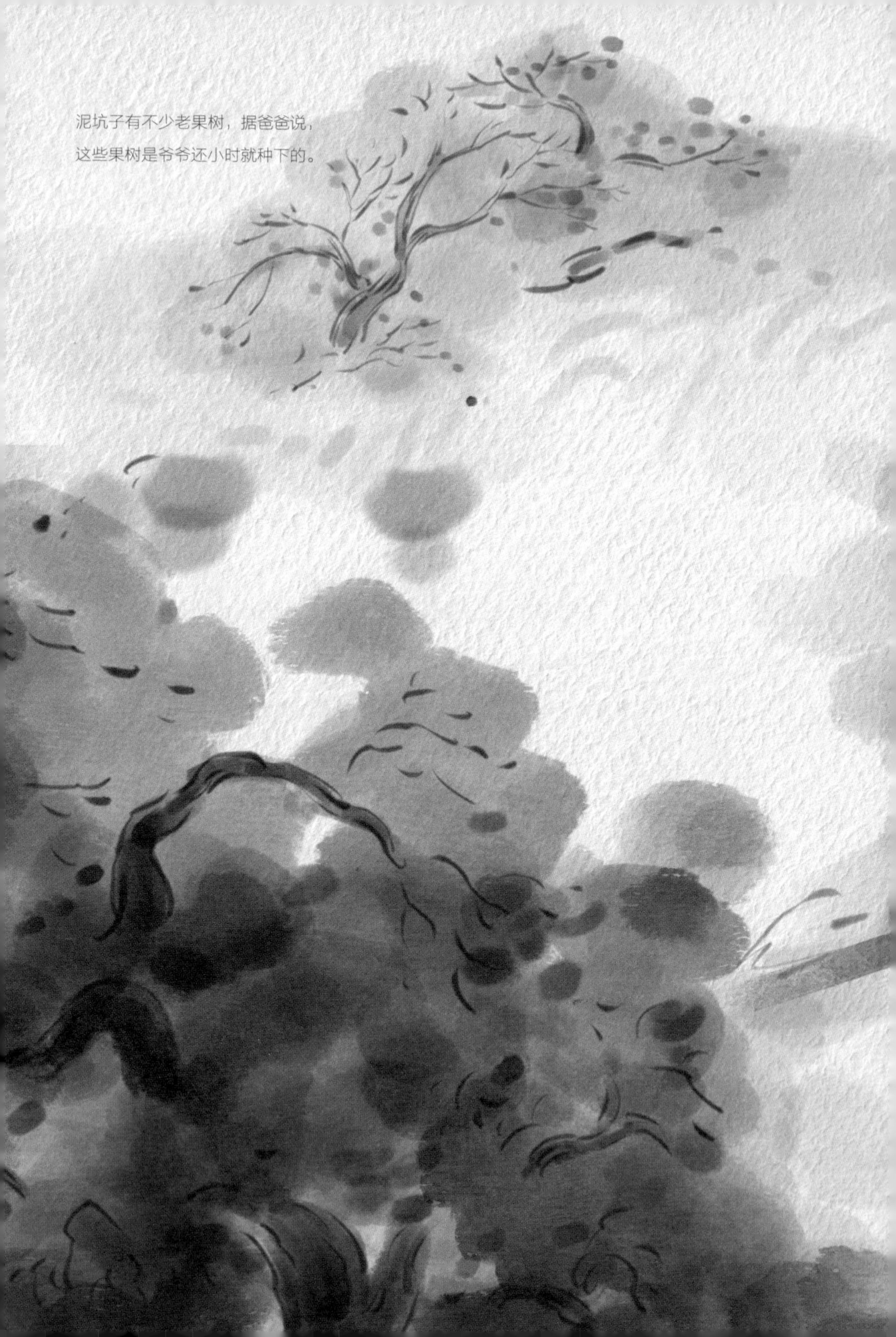

攒了年年岁岁的力气才结出的这么一颗果实，想了想，觉得这颗李子尤为珍贵，该不会是传说中的吃了能长生不老的果实吧？把李子仔仔细细地吃了，爽甜清脆，再诚心诚意地许个愿：赐我长生不老吧。

吃够了果子，拔草药。基本的草药都是奶奶教认的。喉咙红肿，偶尔发烧时，奶奶就从路边拔些一包针和色麻头，剁下根块，用水洗净黄泥，熬出一碗水让我喝下。伤了风寒，就从田埂处找些鹅不食草，蒸热，从房间衣橱里找出个银戒指跟鹅不食草一起用纱布包着，往我额头，后颈匀匀用力揉着，只觉得身上热乎乎的，痛如千斤重的头也慢慢化了开。白亮的银戒指变得蓝黑。奶奶说："你看，你受了恶风。"奶奶也从山上砍些枫树回来，从屋前砍几枝桃叶，洗干净煮一大锅洗澡水，趁热搓洗，洗得一身通红，裹着长外套，躲进被窝，出一身汗，睡一觉，醒来病就好了。而家里最常煲的是凉茶。

靠河、靠溪的地方就有狗贴耳，背阳的山坡上多三菱棍，还有贴着地面的车前子，摘一大把回家，洗干净放院子里晾晾，傍晚妈妈就拿来煲凉茶。夏日的傍晚，暑热还没有完全退去，站院子里还有酷夏的余温甩到脚上，风开始凉了，院子里烧着布惊树和艾草驱蚊，一壶凉茶放桌子上，吃完晚饭、洗完澡的一家人坐在竹椅上，脚搭在桌上，喝碗凉茶，淡淡的药草香混着洗不掉的泥土腥味儿，把夏季的燥热缓缓冲掉，看着山那头的天空慢慢变暗，直到完全变黑才回屋。

没有野果摘且不拔草药的时候就去看坟，一排排的旧坟就安在去番薯地常经过的路上，整整齐齐，水泥发黑，日晒雨淋，有个别坟墓出现了裂痕，坟前长满杂草，墓碑上有字，不认识，但是知道这一排排的坟墓里面安葬的都是自家祖上的人，不害怕，给坟前的每个杯子装满泉水，说一些话：看到了一只野兔，没有捉住，不知道野兔怎么来的；在祖屋的墙根下发现了几条红色杂纹的蛇，晚上会不会来咬人？晚上有“坏鬼”来了，不给开门，会不会从天井那里飞进来？

长大后离开老家十多年，可当再次踏上老家的土地，心里清清楚楚：回家了。我的根在这里，我的祖祖辈辈都在这里面朝黄土、背朝天，若有一天老去，我一定要回到这片土地上，跟这片土地融合在一起，再也不远行。

爱似姐妹

老家屋后的山叫磨石寨，山这边是我们，山那边是江西寻乌南桥的一个小山窝。大姑就嫁在那里。山顶有公王，每年过年要上山烧香祈福。磨石寨是排下村最高的山，站在村口的小卖部前就能望到它。看到它就到了家，我的家就在山脚下。

奶奶对烧香拜佛的事儿很虔诚，惦记着年前在公王前许下了心愿，年底准备好香烛衣纸，以及“瓜果三牲”和黄酒，装箩筐里挑上山还愿。磨石寨是有路的，山上一阶阶用石块铺就的阶梯长满了深绿的青苔和暗黑的藓，磨石寨地势高，曾是红军的驻扎地，那些阶梯就是当年红军铺就的。

奶奶的脚一高一低，走起路来一深一浅，走在最后。走在最前的是我和哥哥，我们手拿一根棍舞来舞去，都觉得自己武功了得，哥哥故意比画到我身上来，用棍子不是打一下我的手，就是捅一下我的背，我当然不肯放过他，追着他要报仇。

奶奶把瓜果三牲摆放整齐，敬奉在公王前，公王前有块儿草坪，爸爸将香烛衣纸点燃烧给公王，认为纸灰飞得越高，公王越高兴。妈妈将公王前常年摆放着的两个杯子拿去清洗干净。离公王三四米处的侧边有口泉，泉水从一块儿巨大的石头缝里流出，地上也有块儿凹面大石头，泉水流出聚积到凹面处成了天然的泉水池。在清洗杯子前，妈妈让我和哥哥用手捧口泉水喝，她说："公王看着的泉水，喝了能让人变聪明。"泉水冬暖夏凉，甘甜可口，我和哥哥划开水面上浮着的树叶，双手掬起水，看到淡青近乎透明的虾米像箭一样嗖地游走了。

还完愿，奶奶将瓜果三牲和黄酒装回箩筐，晚上吃三牲，奶奶说公王吃过的三牲，一家人吃了才能保平安。三牲是整条不去鳞的草鱼、一块儿五花肉、一只生鸡，鸡头朝前竖着，鸡爪扭在肚子里，放在地上像鸡跪在地上拜神。晚饭时，三牲切块儿放锅里热几分钟就能吃。

奶奶收到桂花，笑意盈盈，把桂花放在客厅，
逢人就说："我大妹捎过来的。"

装完，奶奶领着我和哥哥爬上大石头，往北望，连绵的山，近的青、远的淡，山与山围了个山窝，黑顶白墙的房子散布在山窝各处，远远看这一点儿、那一点儿的，像掉落在山间的一块儿白石头。

奶奶指着远处的某座房子说：“你们看，那里有棵大桂花树，旁边是你们大姑的家，不知道她在干什么，你们叫几声吧。”我们站在高高的山顶上，从高处往远处呼喊，若大姑能听到并且回应我们，那该多么神奇啊。我和哥哥双手放脸两侧齐声大喊：“大姑！”声音在山谷间来回荡，远远地荡过去，又清楚地荡回来，而至于大姑究竟有没有听到，奶奶说：“等过两天你们问问大姑就知道了。”

每年年二十五，是大姑和奶奶约好的日子。每年这天，大姑和大姑丈挑着熬好的麦芽糖浆给奶奶，奶奶要做米橙，要用麦芽糖浆才能将炒香的花生、芝麻、米花裹紧，大姑他们会熬。

糖浆两个大土陶钵装着放箩筐，箩筐里放一身换洗的衣服。他们从山的那边来，挑着箩筐穿过起伏连绵的山，身影在山林里时隐时现。奶奶站在家门前的小路上望着，饭菜已经弄得差不多了，只等他们的身影出现在山脚下，奶奶转身进厨房，把大锅里防烧干的水舀掉，热锅，放油，抓起洗净装篮的青菜一拧丢锅炒。等大姑和大姑丈到家，饭菜上好桌。

大姑来，我会往她身上用力闻，想要闻出大姑身上有没有桂花香。大姑家附近有棵大桂花树，据说三个小孩儿合抱不住，桂花开时，铺满地，那里的人逢人就说他们有棵大桂花树，三个小孩儿合抱不住。最早的时候，桂花开时，大姑会拢起地上的桂花，用手帕包着让村里赶集的人路过奶奶家时捎给奶奶。奶奶收到桂花，笑意盈盈，把桂花放在客厅，逢人就说："我大妹捎过来的。"

大姑来，我着急地问："大姑，前天我和哥哥在磨石寨山顶喊你，你有没有听到？"大姑说："听到了。"奶奶比我还开心，哈哈大笑，拉起大姑的手摸摸。大姑手冷，奶奶回屋给大姑找外套，那些夹棉的淡蓝底红碎花的外套，平时奶奶不舍得穿，大姑来，奶奶让大姑穿上，大姑穿着奶奶的外套，跟奶奶站一起，一样发灰的头，像姐妹。奶奶帮大姑拉扯好衣角，笑呵呵地说："先喝点儿酒去，暖暖身子，我今天焖了五花肉，你一定吃得下。"

灌醉太阳

奶奶刚从地里回来，院子里的小鸡以为有糠拌饭吃，追着奶奶跑，被奶奶赶出去，关上木栅栏门。小鸡不死心，头伸进来，企图钻进来，又被奶奶满是泥土的脚撩走。奶奶取下斗笠挂门把上，一身暑热走进屋。屋后是山。从山上滑下的风钻进层层叠叠的瓦片间隙，溜进屋了。屋里凉快，暑热被冲散。奶奶直奔她的房间，口干舌燥，嘴巴泛淡，需来点儿酒。

奶奶的酒放在她的房间里，床边有张小矮桌，白酒放桌上，自己酿的黄酒整缸放地上。她的房间靠近厨房，常年被烟熏，黑黑的。我很害怕进她房间，奶奶说："这有什么好怕的啊，要是有鬼，我睡了那么多年早就被鬼抬走了。"

“上回你可不是这么说的。你说晚上醒来听到有人窗外叫你奶奶，声音好像是已经不在了的二外孙，一遍又一遍，起身开门，窗外没有人，隔天大病了一场。”

奶奶拿起矮桌上的碗，这碗用得久了，碗壁布满细细叉叉淡黄的裂纹。提起小酒缸，把酒倒满，奶奶喝的是黄酒，酒水淡黄，自己酿的，喝得快不怕坏，不烤炙。“咕噜咕噜”一碗仰头顺下。奶奶喝酒又快又勇，简直把酒当水喝。

一碗酒下肚，整个人都轻松。奶奶问我要不要来一碗，我直摇头。

奶奶打着饱嗝儿走出房门，转身走进厨房起火做午饭。奶奶走一步，她身上劳作后的汗味儿混着刚喝下的酒味儿就荡一下。荡一下，我闻一下。奶奶说她好酒是天生的，这话很熟悉。村里的酒鬼都是这么说的。

奶奶从火塘的小洞拿出火柴，拉来，拿一根，推上，在火柴盒侧边一划。火点着了，一团青烟往上腾，青烟的味道刺鼻呛人，却熟悉好闻，是过年鞭炮点燃引线后“噼里啪啦”到结束的味儿，是过年满满一口袋的刺激又好玩儿的炮仗味儿。

奶奶把点着的鲁草塞进火塘，饥饿的火快速地齐刷刷地吃着鲁草，火壮了，奶奶起身刷锅，我烧火。锅里留有些水，奶奶拿起放灶台上的刷把开始刷。刷把是奶奶自己做的，砍一些小毛竹枝，摘掉竹叶，整一把，用篾绑住。握住把，枝枝杈杈地刷着。不看我，开口说："我像你这么大时已经嫁人咯。来外曾祖父小店里喝酒的人已经暗示他好几次了，你家二妹再不嫁，要遭人笑了，我家有亲戚在排下，有儿子。"

"咦，奶奶，我已经六岁了，是不是也是老姑娘了？"奶奶正用锅铲把大锅里的水铲水瓢里，红色塑料厚水瓢油油的，日常用来装洗锅水，又用来舀洗澡水。奶奶端起，走出厨房，泼地上。从水缸里舀一瓢水倒锅里继续刷，不看我，不回话，也不笑，往下说。

外曾祖父是舍不得这二女儿嫁的。外曾祖父好赌，十赌九输，又不愿就此收手，日子难过，脱下长褂最后一搏，若赢了就买些米，给大着肚子的老婆吃；若不赢想办法搞些钱再来。一试水，居然赢了？赢了！外曾祖父赌了个天昏地暗，赢了大把，直到同村的人来拉他告知，你老婆生了，又是个女儿。"女儿，女儿好哇，给我带财来了哇。"外曾祖父春风满面，上街买酒，买米，买蛋。奶奶两岁后断了奶，外曾祖父想，酒是米酿的，吃米饭能生血，那喝酒也能啊。于是，买来糯米，酿了两大缸酒给奶奶补营养，奶奶一喝就好这味儿，拿着搪瓷杯自己倒，一杯喝到底。

锅里放些水，蒸一碗咸菜肉饼，一大碗饭，奶奶盖上锅盖后开始洗马齿苋。烧火热，汗从头顶冒出，塞把鲁草进火塘走到厨房门口吹风。“奶奶，那你每天这样喝不醉吗？”奶奶“嗯哼”了一下，说：“哪能每天喝啊，嫁了人后长大了生了孩子才有得喝。”

奶奶嫁了人，给人当了童养媳。疼爱她的曾外祖父找人打了对儿银手镯给她戴上，求平安健康。婆家不比娘家，犯个错就得遭场打。六岁那年要穿耳洞。抓一把黄豆放锅里细火热锅慢慢炒，直炒得黄豆带点儿焦，裂了口儿。黄豆装口袋，嘴早就馋了，放一粒咬下，“咯嘣咯嘣”脆脆响，牙齿细磨，豆子的香甜醇厚引得口水如泉涌。两手搓耳垂，不能停，把耳垂搓得又烫又麻后，背靠门板站直，穿耳师傅拿绣花针对准耳垂正中穿过去，串好的珠子挂耳上，把耳垂拉长。犯了错时，家婆就用力拉奶奶的耳垂，耳垂被拉烂，好了再换个位置穿耳洞，又拉。两边耳垂烂的像猪八戒的耙子。

奶奶洗好了菜放灶台，阳光从窗户外穿进来洒菜上，闪闪发光。我站门口吹爽了忘了火，奶奶拗把杉树枝塞火塘，杉树烈，火一烧，“噼里啪啦”作响，跟放鞭炮似的。奶奶穿着碎花的一身的确良，湿了汗，衣服贴身上。柴堆里有个烂蛇皮袋，放着疙疙瘩瘩的番薯，奶奶挑出一些，准备切了，饭做好后煮了晚上喂鸡。汗从额头上流下，奶奶用手背擦擦，认真地说：“我这辈子什么都不怕，不怕耳垂烂，就怕饿，我饿怕了。”

除了拉耳垂，婆家有时还不给吃的。遇上赶集，奶奶就会回娘家。人一到，曾外祖父掏出两厘钱给她买吃的。奶奶爱吃香，两厘钱能买一块大饼，里面有花生芝麻，有煎香的猪肉和葱，或者能买一份饺子，猪肉和葱头的馅包得满。吃完又去寻曾外祖父，拿起早已经倒好的酒，两大杯喝完聊几句回家。

“咦，奶奶，你不是说你耳垂是小时候不吃饭大人把饭放你耳洞里，一手拉耳垂一手用筷子把饭捅进去时拉烂的吗？”

肚子都难填饱的日子里，要在婆家喝上酒，只能等到生出孩子。客家女人生孩子少不了娘酒。娘酒是经火烤炙后的黄酒，细火炙一天一夜，酒色红赤，活血、补血。奶奶嫁给爷爷后，没人给她酿酒了，生孩子的娘酒自己酿。一缸红赤的娘酒，两只鸡。鸡炒得干干的，骨头也给炒酥，月子里两块儿鸡肉、一碗酒、一碗饭，骨头细细嚼也咽下。月子里的女人也停不下来，喂完孩子，把桶里大人、孩子的衣物和孩子的尿布拿到河里洗，家里水缸的水没了，去井里挑水装满，回屋看看孩子还在睡，拿着镰刀上山割鲁草。月子里的女人体虚容易受风邪入侵，回到家，柴扔院子，人进厨房煮碗娘酒喝下。

如今的爷爷是二婚，奶奶也是。爷爷的前妻，有时来找爷爷，躲屋后，吃饭时爷爷装满饭假装去门外吃，到屋后，拿着空碗再装满。奶奶不吭声，晚上煮饭特意放多些米，爷爷上桌后，奶奶说："你叫她也过来吃吧，来了就进来吧，别偷偷摸摸躲着了，吃完不走，我带孩子走。"那个女人走了，再也没有来找过爷爷。爷爷不喝酒，养了鹅，每天拿着竹枝去放鹅，鹅蛋大，卖了钱买些糯米回来给奶奶酿酒。奶奶说："女人是血做的，娘酒就是血，喝了就能活。"

饭好了。奶奶揭开锅盖，大团热气蒸腾，把布放手上隔着，身子半倾，把菜端上桌。我洗碗筷，奶奶把番薯倒锅里，再添把柴。

奶奶的咸菜早被油吃透了，夹一筷，油滴下来。而肉饼肥得多、瘦得少，油亮亮的，咬一口，扒口饭才敢嚼。饭厅窗开向院子，院子的水泥地板被太阳烤了一上午，热气从窗冲了进来。奶奶热得没胃口，端起碗，回房间倒些酒拌拌，没几下全扒进了肚子。奶奶放下碗筷，把早上的剩饭剩菜用烂盆装着拌上米糠，端到院子放到墙树下。夏天的鸡，全躲墙树下，盆一放，这一只、那一只地从墙树下都冲了出来，你争我抢的。鸡吃得真欢呐，我夹一筷菜，端着碗来到院子跟鸡蹲一起，抢不赢的鸡瞄准了我的碗，趁我还在呆呆地看着别的鸡抢食，从我右侧跳起，伸长脖子把我的菜给啄走了。站院子，热气浪浪，汗被逼出，从额头流下砸在地上，奶奶说："这天要吃人啊，这么热下去，人都会坏了。"

奶奶才不会被热坏，满满的酒也够把太阳灌醉啦。

脸红的蛇皮袋

天来叔公住在祖屋的左厢房。

祖屋老啦。大门口的石阶被踩得细滑有光，时常有蜗牛爬上去又滑下来。久不住人的房间墙角长出了蘑菇，用脚踢断，黑色的孢子粉脏了鞋子。去天井洗脚，天井水缸里的水还是上次大雨从屋顶上排下的，大风把屋顶的竹叶吹到水缸，竹叶漂在水面无人理，腐烂在缸底。缸底还有不少细细红红的沙虫在弹动着身子，听妈妈说，沙虫会钻进肉里面，把皮肤咬烂。

蹲在天井里看花，有一盆西西花和海棠，开开败败一年年，厚润的青苔从地砖漫满花盆，无人打理却生机勃勃。风吹来身上有凉意，起身，奶奶的棺材映入了眼，棺材刷着深红色的漆，架在浴室上面的棚上，放得久了，红漆从棺木上脱落，掉漆的地方像奶奶脸上长的斑。

穿过长走廊，走廊的尽头有扇小门，常关着，门的那边是天来叔公住的厢房。

大雨是晚上来的，不仅把水缸打满，还把天来叔公左厢房下堂的一间屋给冲垮了。“轰隆隆”，两面墙倒下把大门重重埋了，耳聋的叔婆睡在上一间，隔壁墙倒时没听到，呼呼大睡，被睡在右上一间屋打着手电筒的天来叔公一巴掌拍醒。

叔婆走出门，一道闪电半空劈下，借着光，看到倒下的墙被雨水冲刷流着黄色的眼泪，叔婆觉得腿软站不住，手搭在同样站不稳的天来叔公手上，两人抖抖瑟瑟地坐在饭厅的地板上，不敢睡，不敢出门，熬到天亮。

天来叔公和叔婆生育有四儿两女，各自成家，儿子们在祖屋不远处建起自己的房子，房间不少，却怎么也空不出一间房给老人家住。儿子们商量，在倒下的那个地方打几个桩，盖上蛇皮布，挡住雨，这个房子就不会再倒。

巍巍苍苍的祖屋灰灰黑黑，隐在蓝色的天下，浓翠的山前，深黄的地上，日出日落睁一眼闭一眼。却不料被左下角盖着的红白蓝相间的蛇皮布出卖。蛇皮布怪异得很，鸟飞过祖屋时被吓一跳，急速扑腾着翅膀往上飞。蛇皮布可不这样想。大风时，蛇皮布“稀哩嗦啰”，迎着风嘻嘻闹闹。雨下时，雨珠跳舞它弹琴，跟瓦一决高下，气势满满又欢快。蛇皮布也没有想到，自己没有砖墙坚固，却也能肩负起墙的责任，为一个家挡风阻雨。

天来叔公身体硬朗得很，年过八十，背挺得直，耳不聋、眼不花，种菜、种豆、养鸡、养鸭。天来叔公常挑一些东西去集市上卖，有时是几个柚子，柚子皱巴巴的，那是我们泥坑子特有的一种柚子，从树下摘下来的时候是又酸又苦，放一段时间香味儿越来越浓，柚子皮皱得跟松树皮差不多的时候，里面的柚子肉正好是水多肉香的时候，这种柚子虽少见，但外观太难看了，会买的人很少。我很好奇，天来叔公是怎么样把柚子从树上摘下来的，要知道那棵柚子树是爷爷的爷爷南下到泥坑子时种下的，长了一百多年，又高又粗，树上有青苔又湿又滑，一般的人要把柚子摘下来都很困难，他是怎么摘下来的？

天来叔公在屋后种有几块地的黄豆，黄豆地里扎了稻草人，穿着烂布衣服，挂着塑料袋子。为了这个稻草人，天来叔公是下了血本的。天来叔公常年穿一身淡绿色老军装，天凉的时候头顶就多了一顶淡绿色的军帽，帽子的正中有一颗红色的五角星。这样的装束从我小时候一直到长大都没有变过，衣服干净整洁，也没有烂，只是衣服的颜色和帽子上的五角星淡了许多，我怀疑他那身军装是金丝做的，不然怎么会质量那么好穿那么多年呢？而实际上他用的东西都能用很久，一双黑色的高筒水鞋能穿个七八年，漏水了，把鞋筒给剪掉当短鞋穿，再漏水，从鞋筒上剪下来一小块用胶水粘上去，一双水鞋到最后成了许多补丁的“皮鞋”。他这样节约，却舍得给稻草人穿件旧衣。可山林里的小鸟依然肆无忌惮地过来偷吃，每次天来叔公去黄豆地里除草的时候，一边除草一边骂鸟，收割了的黄豆晒干，小心地在院子里打出黄豆，打过后的黄豆秆他很仔细地检查，看有没有遗漏掉没打出壳的黄豆。

除了卖，收获的黄豆一部分用来做豆豉，他那泛着白的不黑不褐的豆豉虽然不好吃，家里没菜时妈妈跟他买也要两毛钱一碗。还有一部分用来过年过节磨豆腐吃，屋里有石磨可以用来磨黄豆。浸泡一晚后的黄豆肚子涨得很大，一点儿水加一点儿黄豆，倒到石磨口里再用力推石磨，白白的豆浆就会从石磨里流出来，高瘦的天来叔公推起石磨来比奶奶轻松多了，奶奶不仅高不了石磨多少，还跛脚，脚一深一浅，推着石磨很辛苦。磨完黄豆，天来叔公把石磨冲刷得干干净净，不让石墨偷吃他一点儿黄豆，连渣儿都不行。

除了骂鸟，也骂天来叔婆。

天来叔婆老得快，不到八十已经耳聋、眼花、掉牙、白发、驼背、拐杖。天来叔婆常年待在屋里头，常见天来叔婆都是她去完茅坑回来的路上，他们家的茅坑在芭蕉树林下，从祖宅去茅坑得下一个很陡的黄土坡，年迈的叔婆背弯得跟煮熟的虾米般，拄着拐杖，眼睛又花，走路比乌龟还慢。经常我下坡刚好遇到上坡的她，她满头的银发在太阳下闪光，直不起腰来，但是会尽力抬起头来看人，常年不见光的白里透红的脸、眯着的眼睛，以及镶着的银牙还夹杂着一两颗金牙闪闪发亮。叫她一声叔婆她会反复问你："你说什么啊？说什么？啊？"生活难自理，日常靠叔公照顾。叔公赶集从家里出发走去镇上来回得三个小时。天来叔公早早出门，中午赶回来给天来叔婆做午饭，一来一回整个上午的时间都耗在路上了。东西没怎么卖出去，回来看到叔婆坐在门口的石板上打瞌睡，气上来了，开口就骂。耳聋的叔婆也听不到他在骂什么，继续打着盹，任凭天来叔公骂。

被骂得最难听的要数一个外乡人了。

天来叔公有句口头禅是，一毛攒成一块的容易，一块攒成十块不容易，十元要攒成大钞那就真是难啊。钱生钱是他的梦想。

有一年，祖屋院子站了个外乡人，他先看到在院子前晒谷子的天来叔公，他说从外地来，请求给碗水喝，天来叔公破例答应了。外乡人喝过两碗水说，你们家的水真甜，我远道而来算是跟你有缘，我有一门技术可以让钱生钱，一年只能用一次这个技术，看在你那么好心给我水喝，你心善是有福气的人，我今天就为你变一次好了。外乡人从自己兜里掏出一百块，用纸包着，往里吹一口气，说要等一会儿。一盏茶的时间过去了，外乡人把纸打开，里面的钱变成的两百块，真是神奇。外乡人说什么钱都能变成双倍的，看在两个人的缘分上决定给天来叔公变个双倍的钱。

天来叔公说你那么会变钱，为什么不给自己多变变呢？外乡人说自己变钱不能花，会被雷劈，只能给别人变，变得多给点儿小费就行了。外乡人又给天来叔公变了几次钱，一次一张五十块变成了两张五十块，一张十块变成了两张十块，天来叔公看得心服口服。外乡人让天来叔公把积蓄都找出来给他变双倍的钱，天来叔公紧张地让天来叔婆去把门都关紧了，天来叔婆耳聋，天来叔公也不敢大声说话，自己起身轻轻地把门关上。

天来叔公把一辈子的积蓄拿出来让外乡人给自己钱生钱。天来叔公看着外乡人把自己的钱都包在牛皮纸里，外乡人还让天来叔公打开牛皮纸再确定一下钱是否在里面，天来叔公确定没问题，外乡人把钱包扎起来，放在桌子上，说要等两个钟头之后再打开，只要是提前打开一下都不会成功，天来叔公对外乡人说为了表示他的感激之情，要外乡人晚上留下来吃饭，他准备抓一只鸡杀了炖汤，外乡人直说要回去，刚收了一个徒弟还在家里等着，要赶紧回去吃饭呢。天来叔公想想，省了一只老母鸡也好，便送外乡人出了门去。

两个钟头的时间真的是很难过啊，兴奋得站不住、坐不住，走也不是，守着也不是，天来叔公笑眯眯地走来走去，兜圈圈。终于两个钟头熬过去了，叔公迫不及待地打开牛皮纸，却傻眼了，里面包的不是钱，而是跟钱一样大小的白纸，天来叔公心痛地大哭、大叫，整整一个星期吃不下饭。

天来叔公被骗走了一辈子积蓄，得卖数不清的黄豆和柚子才能积攒回来。柚子树跟祖屋一样老，鸟看腻了稻草人胆子更大，叔公穿着打满补丁的“皮鞋”站院子，身上军装跟祖屋一样暗，蛇皮布被太阳晒老化，风吹来，细细碎碎的塑料满天飞，叫他一声叔公，嘴巴还没应，眼泪先掉下。

懵懵懂懂

秀儿有很多新奇的东西。她是天来叔公的外孙女，寒暑假时常回来。天来叔公喊她为小五爪。五爪是她妈妈，我该喊她为五姑。五爪这个名字也是天来叔公取的，五姑手指甲长，有时候回娘家指甲上还涂有颜色，天来叔公说：“五爪是用来抓男人的，专门用来勾引男人的。”五姑嫁了很多回，第一次嫁在河头，生了一儿一女，后来离婚，儿子随爸爸，女儿随妈妈，女儿叫秀儿。后来，五爪又断断续续嫁过几次，都不长久。有次嫁在泗水，这回她请了娘家人去喝她的喜酒，我们家派我去做代表。

那是我第一次参加婚礼，她嫁的男人是在泗水饲养王八的，五十多岁，他的儿子已成家立业，跟他妈住在隔壁的房子里，房子旁边一个枇杷树，前妻在厨房里烧菜，我站在院子里看着她在厨房里忙活，火塘里烧着火，往锅里倒着水洗锅。洗完锅后的热水铲到盆里，端出来一把泼在枇杷树根下，真是疼啊，如果树叶能出血的话，一定血流一地了。

酒席上有清蒸王八，有红烧王八，有王八汤，第一次看到酒席上这么多王八，真的是王八专业户啊。跟我同桌吃饭的其中有七婶和她儿子，七婶是天来叔公最小的儿子的老婆，七婶她儿子跟我哥同年，他眼睛大大的，更小的时候他骗我跟我哥说，他眼睛大是因为他从小就吃了很多鸡屎，吃鸡屎能让眼睛变大。虽然我跟我哥很想眼睛变大，但是鸡屎实在是太恶心了，心里很佩服他能为了大眼睛把鸡屎当饭吃。吃饭的时候七婶拼命给他儿子夹王八肉，我夹了一块王八的脚，咬了一口之后就吃不下去了，那口感像浓稠的鼻涕。

秀儿跟我同年的，午饭后拉我去她房间，她教我用粉饼搽脸，粉饼是五姑用过后送给她的，还有一个红色的储钱罐，她说是她爸爸送给她的，她说的那个爸爸就是王八专业户。我问她：“你当面也叫他爸爸吗？”她说：“是啊，为什么不能叫出来呢？”五姑嫁给王八专业户也没多久，半年后也是离婚收场。每一次改嫁天来叔公都要骂她大半年，对着天来叔婆骂五爪是妖精，骂天来叔婆怀她的时候不知道是吃了什么爪，或者自己在院子里喂着鸡、鸭骂。五姑带着秀儿，在县城租房打零工，寒暑假把秀儿送到天来叔公家。

秀儿有她妈妈用过不要了送给她的粉饼、护甲套、眉笔和女孩子总会一眼爱上的口红。只要回来，她都会找我玩儿。我妈是不太愿意我跟她一起玩儿的，我妈觉得跟着她会学坏。我不觉得有什么可以学坏的，我们就是在一起玩游戏。

在我家，她教我化妆。她说：“女孩子要化妆才好看，化妆了才能变成公主。”她给我脸上扑粉、涂口红，在手指上戴上护甲套，帮我弄好后她很熟练地给自己弄好，什么都完成后，她说：“我觉得，我就是天底下最可爱、最漂亮、最好的公主。只要门外有王子经过，他一定会被我的美貌征服，一定会一下子就喜欢上我。”

我的哥哥偶尔经过房间门口看到我们两个在房间里面扭来扭去沉醉到不能自拔，一改他以往见我就躲，怕我吵他看书的态度，直接来个狠狠的教育和警告："还不把房间都收拾好了，等下爸、妈回来了我就告诉他们去。"

有个哥哥真的很烦，尤其是爱打小报告。

秀儿不仅懂得打扮，最让我佩服的是她知道很多我不知道的事儿，比如生小孩，比如谈恋爱，比如结婚。

她说："男朋友就是只对你一个人好，不能对其他女孩子好的男生。"

我问："怎么样是对女孩子好？"

她说："他有零食一定要分一半给你吃，别人说你坏话要帮你骂他们。"

我问："那谈恋爱呢？"

她说："谈恋爱就是这个男生什么都要听你的，要对你很好，要给你买零食吃。"

我问："谈恋爱好玩儿吗？"

她说："谈恋爱没结婚不好玩儿，结婚才好玩儿。"

暑假快过去了，秀儿要回县城读书去了。

暑假后，我上了三年级。

班上跟我比较常一块儿玩的是一个叫张凯的男生，胖嘟嘟的，脸色红润，会反光。

我们常一块儿趴地上玩拍画片，两毛钱一大张，自己用剪刀沿着黑色的虚线剪下来，剪成一张张的小画片，画片卖得最多的是西游记，我把唐僧和孙悟空剪下来后总是舍不得用，放在枕头底下用来保佑我能挣很多画片回来，但，我放枕头底下总是不翼而飞，这导致我总是没好运，两毛钱的画片总是被韩添华赢去了。

张凯看不惯韩添华赢了那么多画片，他跟韩添华谈判让我可以用桑树叶子代替画片，二十张桑叶代替一张画片。为了能把画片挣回来，一下课，我就偷偷地跑到食堂那边的围墙下，蹲在地上假装画画，同时四处张望，看到没老师注意，立马爬墙出去摘学校外面的桑叶。那时候养蚕的同学多，我哥也养，我们学校规定放学后住校的学生不准出去，蚕要养，要吃桑叶，大家只能爬墙溜出去摘，还好围墙不高，不然大家翻不出去蚕都饿死了。所以，学校围墙外的桑树所剩桑叶不多，树枝上倒还有好几片，可是不够高。我把能摘的桑叶摘了，贴在围墙外，脚下垫了几块砖，头顶刚好跟围墙齐水平，我再踮起脚尖，就能观察到校园内的情况，发现没老师，脚踩在围墙石头缝里，立马翻过去。张凯看我没摘够二十张桑叶，很大方地送我两张画片，让我跟韩添华再拼回来。

我想，张凯对我真是好啊，那他对我那么好，我也应该要对他好啊。

语文老师兼班主任是刘冬伟老师，上课前他都要检查教室地面上有无垃圾，哪个位置上有垃圾，这同学就要罚扫一个星期的地。

我一直很注意，却不料被看到座位地上有纸飞机。那是坐我后面的张凯的纸飞机，我认得，我是看着他折的，并且他还写了字。他是趁我不注意用脚把纸飞机弄到我桌子底下的。

全班同学看着我，带着些许的幸灾乐祸。老师很严肃地盯着我。

我感到委屈，心跳得很快，但我不能说出那是张凯的飞机，他对我好，他帮我想办法用树叶代替画片，我也要对他好，我不能说是他的。

冬伟老师说："张燕身为班干部不以身作则，乱丢垃圾，桌子底下有垃圾，要加倍，罚扫一个月地。"

我听到张凯在后面笑。我惊了，天啊，他害我，他还笑。

我趴桌子上号啕大哭，哭了整整一节课，满满的一节课我尽情地哭，满心委屈好比窦娥。哭过后决定我再也不跟张凯一起玩儿了。

桑叶不好弄，校园里倒是还有很多其他植物。我跟韩添华谈好，我用二十片树叶跟他拍，随便什么树叶，只要我赢了他二十次，就给一张画片。他也答应了。

为了赢回几张画片，一下课我就冲出去摘树叶。

韩添华的功夫的确不是盖的，短短的下课时间把我树叶也赢去了。

我问他："你怎么那么厉害？"

他说："我是自己练出来的。"他给我伸出他的手，又肿又红。

我心里好生佩服，真是位男子汉啊，手这么痛还这么勇敢。

班上老师组织了"一帮一"的活动，就是放学后成绩好的同学要帮助学习成绩不是那么理想的同学，我的成绩并不好，当老师点名要我帮助韩添华学习语文的时候，我很羞愧，并且心里暗暗发誓一定要努力学习。估计老师当时是念在我是寄宿生，不怕回家晚。

我跟韩添华说："你以后不许再赢我的画片了，不然我不帮助你。"

他说："好。"

我注意到，韩添华的手真是白啊，粉嫩粉嫩的，指甲里也没有泥。韩添华不仅手白，脸也白，还有一头卷卷松松的头发，羞愧啊，我身为女孩子，也没有他干净。我突然留意到，他成绩虽然不好，但是他从来不会跟其他成绩差的男生一样到处追到处跑，他总是坐在座位上，很安静。

老天，太不公平了，韩添华是男孩子却那么安静，我一个女孩子从小到大却被叫野猪。

一次，我让韩添华背诵当天老师教的诗，我让他站着，我在对面坐了下来，用小刀削铅笔。

我注意到，他背"粒粒皆辛苦"的时候，有点儿大舌头，好像是舌头过长，发音的时候要从嘴巴里跑出来。

我想看仔细些他的舌头是怎么回事，我让他重复这句话。我看着他的舌头，手却没停下来。不料刀削到手上去了，流着血。我想哭，可是哭出来就很丢人了。

韩添华蹲下，把他脚趾头上贴着的已经黑了且卷了毛边的止血贴撕下，给我。

他说：“用止血贴吧，用了这个，很快会好的。”

我从来没用过止血贴，我很好奇贴在手上是什么感觉。我贴上，胶粘不住，韩添华去拿透明胶过来，把止血贴缠在我手上。

于是，我决定对韩添华好，是很好的那种。

我决定要帮他做作业，要请他吃零食，谁欺负他，我要去帮他讨回来；我还要他把画片交给我保管，虽然他很不情愿，但是还是乖乖上缴了，他要去玩画片得从我手里拿。我乐此不疲，觉得自己对于他多么重要啊。

上体育课的时候，我的同桌，男的，下巴有颗痣，我们叫他大痣，他说：“韩添华关你什么事儿啊，什么都管，你以为你是班长，你是班主任啊？”

想想也是。

大痣转头问身后的韩添华：“她多管闲事是吧？”

韩添华认真地点了点头。

大痣得意地冲我说：“你多管闲事。”

我又气又恼。

我白了韩添华一眼：“哼，我才不稀罕你的画片。”我把他的画片从桌子底下拿出来扔到他桌子，用脚把凳子踢开，一副大义凛然的样子出去了。

中秋放假回到学校，韩添华把他那一叠画片给我，我提不起兴趣要了。

酸甜味道的烟火

黄金大地

家里最小的一块水田只有门口的院子大，种的是香禾米。香禾米晚熟，周围水田种植的稻谷收割完，只有香禾米还黄着叶，长长的稻梗望着天。一小片香禾米，引来不少麻雀，这些麻雀刚失去山谷整片的金黄稻田，等不到下一个秋天，在香禾米田里聊起了失去的那些个想飞就飞，想落就落，总有累累水稻的稻田接住的日子。一吹口哨，麻雀从香禾米里飞出，好似一块黄金遗落田间，阳光照下，折射出光。

香禾米米粒短，宽厚，跟日常吃的细长的米粒相比，香禾米像个白白的胖娃娃。香禾米收割时，妈妈带把镰刀走在前，爸爸挑两对禾篮走在后，妈妈俯身埋没在水田里割香满山遍野的梯田如浪，一圈圈地将四季翻滚在天空下，一层层、一阶阶的浪花下，是我们的黄金大地。

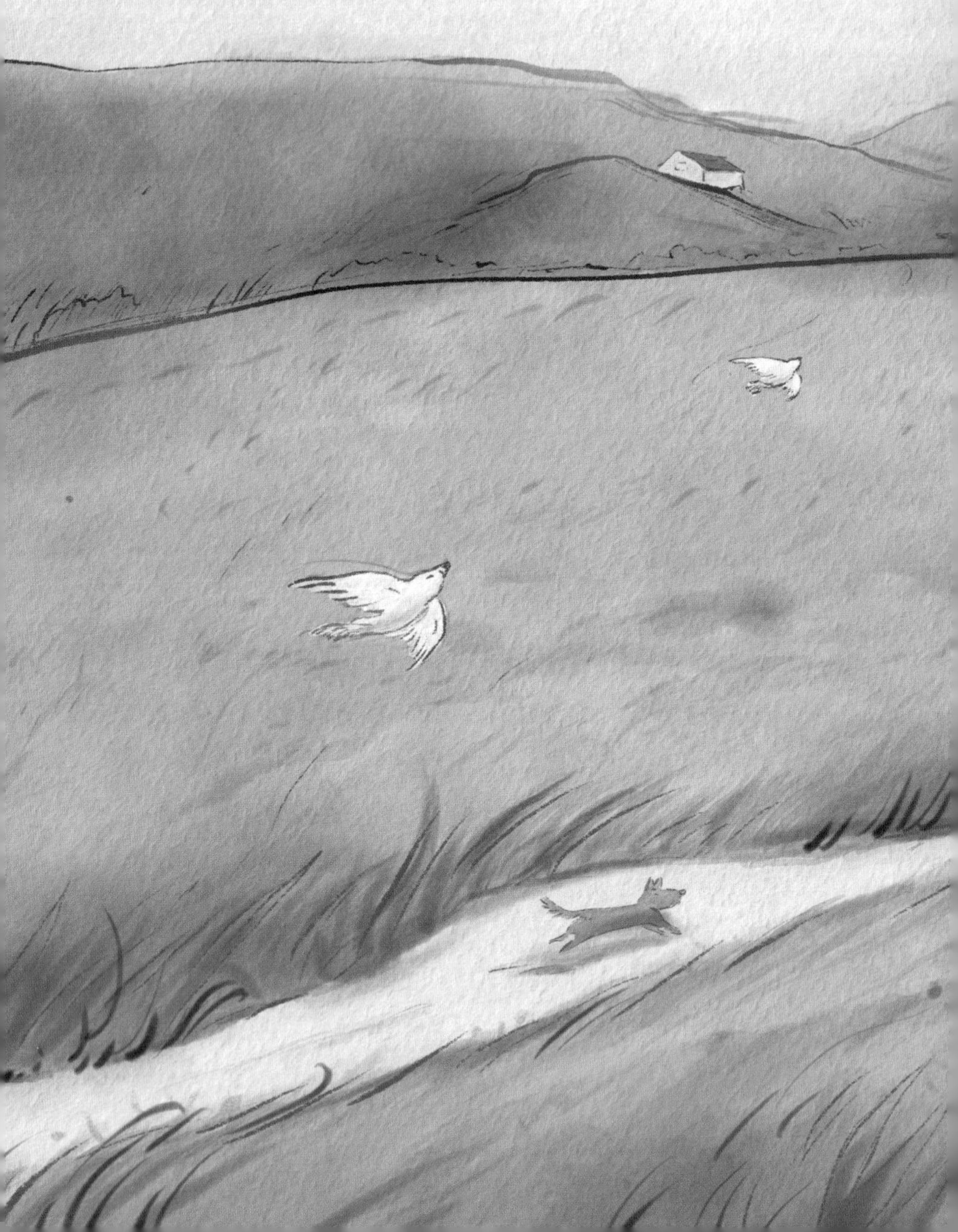

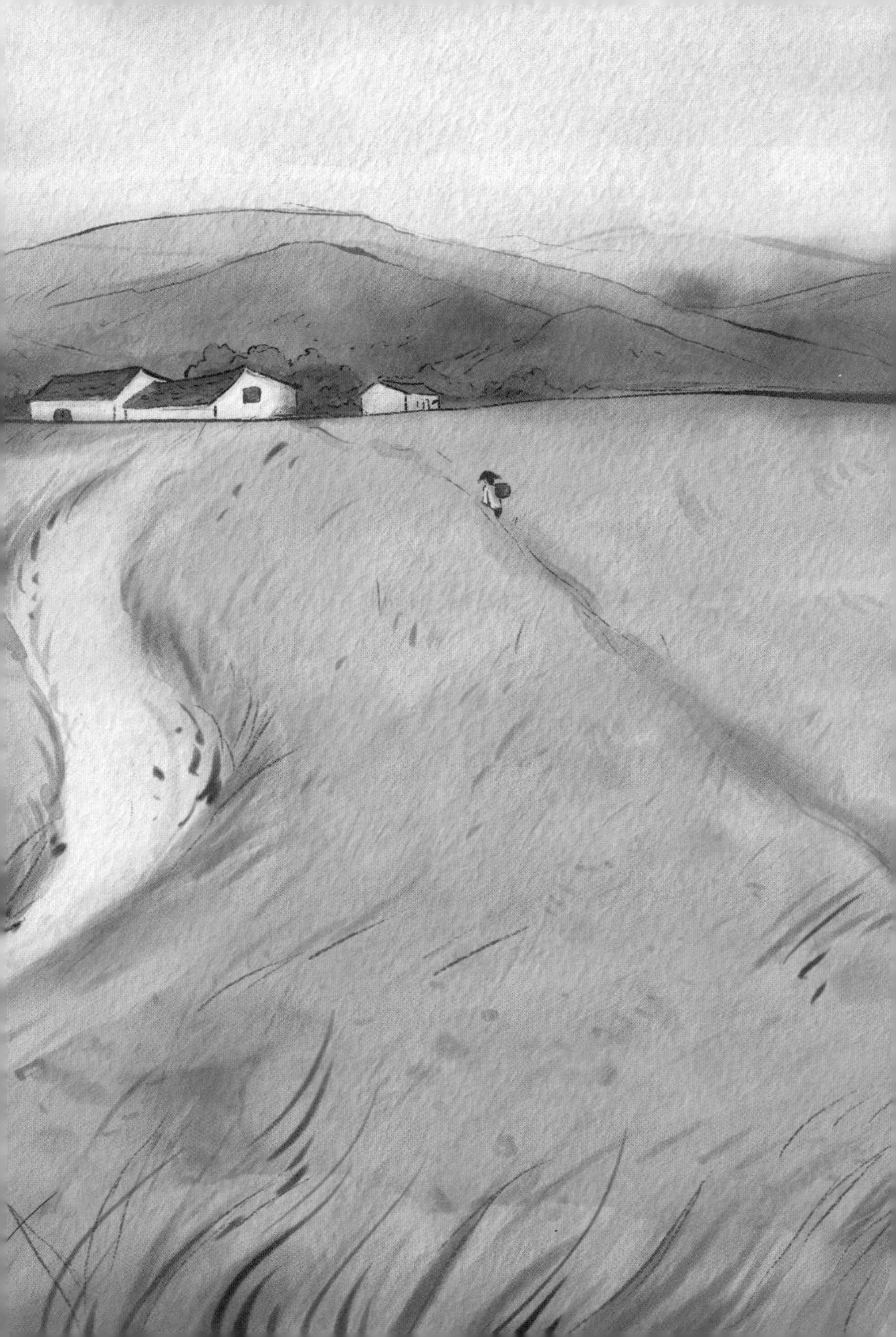

禾米时，爸爸坐在田埂上抽烟。四周山上的鸟清清脆地叫了一声又一声，水稻收割，稻草的清香混着田野淡淡的土腥味儿，风吹来时，还有香烟的辛辣浓烈，闻着忘了动，看着一支烟被爸爸一口口细细地吞吐完，而妈妈已经将一对禾篮装满了水稻。

田埂只有三丈宽，爸爸光着脚踩在黄了的茅草上，挑着禾篮，脚步迈得又大又快，一步也不落空。院子里铺好蛇皮布，还有脚踏的脱粒机。爸爸将禾篮放倒，提起篮底用力一提，水稻刷刷地倒在院子，爸爸解开绿色的中山装扣，露出白色的背心，挑着空禾篮回田里接着挑下一担。水稻割完都挑了回家，妈妈拿着镰刀去了菜地，她要将齐腰高的大青菜砍回家，在院子里晾几天，擦上盐，塞进缸里做咸菜。而爸爸将水稻脱粒，哥哥躲屋后看书被爸爸大声喊了出来，哥哥跟爸爸并排站着，右脚放在脱粒机的踏板上，有节奏地用力踩踏起来，脱粒机前面的滚筒飞快地翻滚，水稻放上去，谷粒四溅，落在蛇皮布上“噼里啪啦”地跟大雨打在瓦片上一样好听。空气里都是稻草的清香，我闻到了收割的味道，而爸爸闻到了黄粄的味道。

新年将至，家里要做黄粄。做黄粄的前两天，妈妈上山割黄栀子和布惊树，爸爸将院子里放着的石臼刷洗干净。这石臼，放在院子里，有时被我用来当鱼缸，河里捞回来的鱼虾都倒进去；有时哥哥割了些芒草放进去，加水让芒草腐烂，他想实践造纸技术，没有造出纸，石臼里腐烂的芒草把院子熏臭了。洗石臼很费劲，水倒进去刷洗，再用力将石臼倾斜把水扫出，石臼重，之前村里有人借去打糍粑，两个壮年男子才勉强将它抬走。寒冷的天，风呼呼地刮，爸爸脱去外套将石臼里里外外地洗了一遍又一遍，简直要将石臼擦洗得跟鹅卵石一样光滑。

没有人比我更积极烧火了，尤其用饭甑蒸米饭时，将灶炉的火烧得旺旺的，整个厨房飘荡着香禾米的清香，混着饭甑上杉木的木香，好闻得不得了。揭开饭甑盖，香禾米圆润莹亮，妈妈给我们一人舀一碗香禾米饭，撒点儿白糖，我们吃了一碗又一碗。妈妈在院子里将黄栀子和布惊树烧成了灰，将灰装到水桶里，冲上水，哥哥张着纱布，过滤出碱水。爸爸将石臼又洗了两遍。妈妈将碱水倒进饭甑里，爸爸拿着长勺子搅翻香禾米饭，再倒进石臼里。

碱水将香禾米饭染成黄灿灿的，石臼里装着香禾米饭，爸爸举起木杵猛捶，住祖屋的天来叔公来了，他跟我并排看爸爸奋力举起木杵又重重棰下，看着爸爸的好腰力说起了他年轻的时候。香禾米软糯，木杵上粘了不少棰软烂的米饭，妈妈将手抹点茶油，将它们捋下来。

妈妈将棰软烂的香禾米饭从石臼中拿出，做成大小不一的舌条状的黄粄，黄粄颜色金黄，一条条，像金条一样，哥哥开玩笑地说："哇，我们家有金条，发财啦。"妈妈听了觉得是个好兆头，明年家里估计能有好运气，笑着给哥哥捏了一小团黄粄塞他嘴里，看着哥哥的神情，是一脸的满足和享受，我忍不住咽了咽口水，嚷着也要吃，妈妈也捏一团给我吃，嚼着，唇齿间清香无比，软韧滑口。

妈妈将黄粄一条条整齐码放在土陶盆里，盖上木盖子，压块儿石头，放在饭厅的橱柜下。饭厅只摆了一张八仙桌，两张长条凳，一个橱柜，用了不知道多少个年头了，沾染了多年的油烟，黑黑的。躲在墙洞里的老鼠和黑暗角落的蟑螂，闻着味儿想尝尝，爬上盖子，低头想钻，却钻不进去，它们只知道香，不知道我们收藏着的是金黄的大地。

祖祖辈辈深深地扎根在泥土的每个日日夜夜里，早就将大地翻了个遍，满山遍野的梯田如浪，一圈圈地将四季翻滚在天空下，一层层、一阶阶的浪花下，是我们的黄金大地。

柴火烈烈

厨房里有大小两个灶台。傍晚时分，小的灶台用来蒸饭蒸菜，大的灶台用来烧洗澡水。大灶台吃的柴多，大块儿木柴塞进去，错开堆，火烈烈地烧着。木柴是爸爸从山上拖回来的。拿把锯子和斧头上磨石寨，磨石寨是座山，高，少人去，山浓树茂，爸爸在前面辟路，我和哥哥后面跟着。爸爸挑长得歪的松树锯，也挑挨着长不大的杉树砍。哥哥在找沙参，他觉得这山上风好、水好，又少人来，一定会有不少沙参，或许还有人参也说不定呢。

人参他没有见过，沙参倒是挖过两次回家。有一次我还跟着去，挖沙参时没注意到旁边的蜂窝，挖开泥土，再拔，拔得用力，哥哥倒在一旁，碰到了蜂窝，十几个山蜂蜂拥而出，哥哥抓紧沙参，大喊："跑。"我吓得撒腿就跑，哥哥年长，跑得快，我在后面一边跑一边忍不住回头看山蜂走了没有，不回头还好，一回头，山蜂全叮我脸上。山林路杂草湿润，脚滑，跑太快，红色的塑料拖鞋给穿到脚踝上去了。坐院子里，脚踝上的拖鞋怎么都取不下来，哥哥拿了个镜子给我照，一脸肿着的我没有了人样，他说："野猪，你现在真的就像野猪。"我觉得自己没有功劳也有苦劳，可怜巴巴地问他："你这沙参以后会给我吃点儿吗？"哥哥看着我，眼神坚定，用力地点头。

此后，他找沙参我不敢跟着去了，我怕我的美貌毁了。

爸爸把树放倒，我坐了上去，手撑在疙疙瘩瘩的树皮上，深呼吸。清新的空气混着泥土的腥和落叶的腐败，新砍的松树冷冽清香，真好闻，闻着这味道真想顺势躺下睡去，跟这山林长长久久。

爸爸也坐了过来，伸长腿，掏出烟。爸爸穿了双深绿厚重的军绿鞋，踩在厚润的青苔上，稍用力，有水挤出，把绿色的橡胶底沾湿。爸爸点上烟，深深吸一口，长长呼出，烟草的辛辣浓烈把身上的疲劳冲去。火星烧到烟滤嘴，爸爸把烟头摁在湿润的青苔上，一小股青烟往上腾，起身拍下屁股，继续砍树。夏日寂寂的树林里，鸣蝉一浪浪，爸爸挥起斧头用力砍在树上，“咚”，挥起，又落下，木块飞溅，掉落在草丛里最终腐烂成泥。倒下的树横七竖八放着，挑小的拖回家，大的晾些日子再扛回家。

妈妈把晾干劈成块儿的木柴放到簸箕里，快塞满时停了下来，往远处看，开口说：“这地方，山之外还是山，这里是山，那里也是山。”我顺着妈妈的目光望去，太阳在山的那头滚着回家，红红的霞光像顶大红帽子扣在山顶上，近的山墨绿，远的山淡青，一圈圈地晕开。

妈妈接着把簸箕塞满，又停了下来说：“‘泥坑子’这个名字不好，又是泥又是坑，想要走出去多难，你们要争气，一代要比一代赢。”妈妈说完准备起身把木柴挑进厨房，我想了想，爸爸是小学老师，比爸爸赢那就是当个校长咯？我说，好，我以后当个校长。妈妈抬起头看着我，张嘴想要说些什么，很快又闭上了嘴巴，起身把木柴挑进了厨房。木柴堆在厨房的棚上，雨天没干柴时抽两条烧，傍晚烧水煮水没人看火时塞几块儿进火塘，深冬时木柴烧后留下的炭火能把从学校归来一身寒气的爸爸鼻子前的清鼻涕烤干。

常烧的是鲁草。妈妈去屋后砍两条细青竹，用镰刀正中破开口，划拉下去，一条小青竹对半给分了开，再把竹子青青的表皮剖劈出来，就成了篾。妈妈把篾圈起来交叉穿杠上，戴顶斗笠上山打鲁草。妈妈附身埋没在鲁草里，像条蚕，把小半片山的鲁草吃得干干净净。我在树林里找野果吃。无人管理的山，松针厚厚铺地，阳光透过树枝投射到地面斑斑斓斓，果子乌黑发亮，又香又甜。妈妈用篾把鲁草绑了，用杠插进去挑回家，在院子里解开摊开晒。经过树林时，妈妈也用镰刀劈下横出的树枝，过些日子再绑回家。这些柴火，晾干堆屋侧檐下，在日子的一餐餐里“噼里啪啦”。

小的灶台塞小木柴，柴反正都是用来烧的，不忙时，妈妈往小灶里塞根大木柴，喊上我和哥哥去捡柴。

从家门口出发，穿过小树林就是片茶山。茶山是进喜叔公家的，进喜叔公我是怕的。进喜叔公种有棵杨梅树——泥坑子唯一一棵会结果的杨梅树，另外一棵杨梅树在我家屋旁，是公的，种有百年，只开花不结果。杨梅花开时，细细碎碎的花铺满地，真是浪费啊，若能结果，就这满地的花该结多少杨梅啊。进喜叔公家的杨梅红时，细细小小，红红鲜鲜，看一眼，口水不断涌。叔公家没有养狗，我从山顶往下冲，爬上树，摘了，不断往嘴里塞，进喜叔公提了条棍子敲大门前的水泥地，大声骂，吓得我腿软。

山茶树种有二十几年，站树下，树枝遮天蔽日。茶林蚂蚁多，空气中散发着蚁酸香，脚下黄泥湿润，有青青薄薄的藓，稍不注意就会滑跤。

妈妈交代，掉地上的茶树枝都可以捡，树上的得挑叶掉光了的树枝掰，这些才是干的，抱回家可以直接烧。我往茶林的大石头方向走。茶林有块大石头，淡黄细腻，光滑有光，捡小堆茶树枝放一边躺上去，冰冰凉凉，舒舒服服。还没躺够，妈妈高兴地举着两朵大的猪肚菌招呼我们回家。我拿菌，妈妈和哥哥抱茶树枝。茶树枝耐烧且火旺，哥哥看火时最喜欢用。

爸爸对于妈妈摘的菌不放心，嘴巴叨叨好多遍野菌不能摘，很多长得像却是有毒的。妈妈懒得理他，把猪肚菌洗干净，撕成块儿，把中午吃剩的肉饼放锅里加水煮再放菌。

妈妈盛一碗肉饼猪肚菌汤站大门口吃，厨房里大锅烧着洗澡水，火塘里还有一两根木柴烧着，也许是不够干，时不时“噼啪”一声，喝一口鲜甜的汤，冲不淡屋里常年积累浓厚油滋的烟火味儿。

秋风裹夏水

妈妈把头发扎成一束马尾，刘海丝薄盖住额头，穿着的确良紫色底碎花短袖衬衫，齐膝盖的短裤，光脚，拿着簸箕，拎着塑料小桶出门，站在院子东南边的芭蕉树下叫我：“野猪，走，带你去河里捞鱼。”往日里妈妈总会厉声交代我，不可以一个人偷偷去河里捞鱼。而今天妈妈站在翠绿薄亮的芭蕉树下居然主动叫我去河里捞鱼，别的不敢夸，捞鱼我可比妈妈厉害。

河两米宽，浅水，河沙干净，夏日的阳光投放到河里，被河水漾出一段段波光，似星闪耀。我和妈妈双脚踏进河里，河水清凉，把脚上发烫的暑热卷走，我们搅翻河泥，水波动荡，在河中晒着太阳的螃蟹察觉出异常立马横着冲进河边的石头缝里。若平时，我会把石头翻开，躲在石头下面的螃蟹可不止一个。妈妈让我拎着小桶，她来捞鱼。

妈妈把簸箕对准河边的阴凉处，那里水深些，靠岸边，鱼藏得多，脚伸进深处一阵乱搅，再快速地提起簸箕，簸箕底翻腾着小鱼儿，有扁扁的银白肚皮的小鱼，也有身披彩衣的鳑鲏，还有蹦弹着的虾米，螃蟹速度最快，簸箕刚提起，螃蟹横冲出簸箕“咚”地掉回水里，迅速躲进长满绿色苔藓的石头缝里。

红桶装些水，小鱼、小虾装了进去，妈妈在前领着我一直往上游走。一个人来河里捞鱼的时候我也是这样，一直走，往前走会有大而光滑的石头，太阳被肆意生长的野蔷薇挡住，四五月野蔷薇开了，粉红的，纯白的，交叉生长，风一吹来，河里花香涌动，躺在大石头上，看着花瓣唰唰掉下来，数不清是白的多还是粉的多。现在，仲夏的太阳，从叶间漏下来，砸在暗黄光滑的石头上，像一块块碎银片，手一拢，叮铃铛啷的。

走到上游的梧桐树下，小桶里的鱼已经有不少，妈妈看了看说：“嗯，有五六斤的样子了。”妈妈把簸箕上挂着的草拨弄掉，洗净小腿肚上的淤泥。妈妈站直，目光顺着上游走，继续往前，就是山了，河水是从山上下来的。妈妈说：“我们泥坑子这条河啊，可是很特别的，别的地方水往东流，而我们这条河的水是往北流的。”她唇齿之间迸发出的字词语句中带着某种自豪。这样的话，去年秋天妈妈带我来河里洗芭蕉芋粉时就说过。用一个大陶盆，盆内沟沟壑壑，地里挖好洗净刮去根须的芭蕉芋在盆内的沟沟壑壑上来回擦，脆嫩的芭蕉芋在粗糙里伤了心，在盆里摊烂成泥。一箩筐擦好的芭蕉芋浆挑到河里洗粉，用网布盛浆，让河水冲洗出浆，她一边洗一边说：“这河里的水啊，就是泉水，洗过的芭蕉芋粉都是甜的。”我说：“嗯？你之前不是说芭蕉芋粉甜是因为种它的泥好？”

芭蕉芋种在祖屋院子前的菜地里，泥土乌亮，平时在院子里洗菜淘米，水通通泼到芭蕉芋下，鸡、鸭在院子里屁股一撅就拉屎，扫把一推，也到了芭蕉芋地里。好几次母鸡下蛋少了，妈妈拿着锄头在芭蕉芋地里挖一挖，又红又长的蚯蚓交叉爬行，母鸡使出护崽的劲儿，气势汹汹地不让别的鸡、鸭靠近。

妈妈把小鱼、小虾倒进盆里冲干净，用手挤掉小鱼的肚皮，在院子里觅食的鸡都跑到天井，妈妈让我负责赶鸡，我和妈妈双脚踏进河里，河水清凉，把脚上发烫的暑热卷走，我们搅翻河泥，水波动荡。

鸡一心想啄鱼、虾，被我一赶，胡乱窜，天井正中的朱顶红盛开着，翠绿的花茎，鲜红的喇叭状花朵，像美艳起舞的仙子，而鸡一点儿也不爱惜，蹿到朱顶红上，尖利的爪把长长的叶划伤，还差点儿把花茎给撞断了。我从地上捡起扫把，把鸡拦住统统赶到院子里去，而妈妈把鱼、虾收拾干净了，她正从橱柜的最上层取下去年秋天晒好的芭蕉芋粉。妈妈爱惜这些粉，一年才洗晒出十几斤的粉，日常家里炸肉、炸鱼少不了它，妈妈怕我跟之前一样把整袋芭蕉芋粉用来当糯米粉做粄玩掉了，放在橱柜最上面，让我垫着凳子都够不到。芭蕉芋粉撒在鱼、虾上，撒盐、撒姜丝和葱粒，裹匀后，起油锅炸。

一直躲在屋后树林里看书的哥哥顺着烟囱里散出的香味儿回到了家，书还没有放下，直接进厨房，拿起一条刚炸好的小鱼就吃。小鱼刚起锅，还烫，哥哥龇牙咧嘴地咬几下吞了，我刚吃完几条小鱼，看到哥哥吃得这样着急，忍不住又想吃，手伸过去，被妈妈拍掉，说：“你已经吃了不少了，等会喉咙痛了。”转头看着哥哥吃得猴急的样子交代他：“你也别吃多了，刚起锅很热的。”

不让吃了那我就出去玩儿吧，省得待在厨房里闻着香又吃不着。走出厨房，凉爽的风吹来，脸上的汗滑下，痒痒的。出门去院子里摘薄荷叶，薄荷随意种、随意拔，下几场雨又疯了般长，只要有泥土，不分贵贱地热烈活着。捏碎薄荷叶，放鼻前闻闻清凉醒脑，擦在脸上，风轻轻地吹着，冰冰凉凉，舒服极了。院子里还有酸酸草，摘掉叶子，擦擦根茎放嘴巴嚼，酸酸的，炸鱼的油腻被遮掉了，只剩下草的酸和鱼的甜。妈妈说芭蕉芋是甜的，我没有尝出来，但是我知道芭蕉芋的花像喇叭，摘下来从根部吸，有蜜。转过头，看到祖屋院子前的芭蕉芋顶着一朵朵鲜红的花，把身后的墨绿山谷点亮，调头去祖屋摘花吸蜜。

吃饭的时候，我和哥哥都不甘示弱地一筷子、一筷子地夹鱼、夹虾米，妈妈没有再提热气的事儿，任我们吃。天井的水缸里泡着一个大西瓜，是早上妈妈去菜地摘回来的，一刀落下去，西瓜爆开，清甜的汁液流出。清甜多汁的西瓜正好抚顺仲夏的闷热和油锅里翻翻腾腾的煎炸。

我和哥哥撑得肚子似装了大西瓜，两个人站在门口望着远处的山，听着屋后风吹竹林沙沙，想着妈妈什么时候再来一盘这样的鱼、虾。这样香脆鲜甜的鱼、虾是泥坑子的秋风和夏水滋养出来的，被妈妈炸成了一盘。家在一盘盘的秋风和夏水里落下了胃。

紫皮味奶奶

我负责每天早起去摘菜，想吃什么就摘一筐回来。那时，我已经是小学五年级的学生，早过了不爱吃饭要妈妈哄着才肯张开嘴的年龄了。四年级的时候，我还是黑黑胖胖的，到了五年级个子像发了芽般地往上抽，腿变细，皮肤变白，手往腰上一摸，条条排骨分布明显清晰。在长个子，肚子容易饿，特别愿意往菜园子里跑，也特别愿意在做饭时间围着奶奶在灶台转。

奶奶爱吃茄子。她的牙齿早已经掉光了，吃茄子最省事。奶奶种的茄子结出来是矮胖矮胖的，深紫的皮颜色发乌亮。

奶奶烧茄子时总会先削掉皮。奶奶的厨房四周墙壁被烟熏得乌漆抹黑，就连碗柜还有浴室和挂在浴室墙壁上奶奶的毛巾都不幸遭殃。屋顶有两片玻璃的瓦片，用得久了，原本透明光亮，现在也黑得透光吃力。白天不开灯，打开通向屋后的门和开向大路的窗户，送进来的阳光能让胆小怕黑的我安心地站在奶奶身边看她削茄子皮。奶奶的双手布满纠结的筋络，粗糙不平整，一手朝上半握着茄子，一手拿着锈黄轻薄的菜刀，轻轻一刀削下去，从头到尾一条条的茄子皮掉在篮子里。削好的茄子很快会变色，变成暗褐色。奶奶把茄子切成大块儿泡在水里，水是山上引下来的泉水，甘甜清凉，装水的搪瓷脸盆起满水膜。

奶奶说茄子要泡在水里去下黄水，水黄了换水。我守着茄子，奶奶去淘米、烧火、做饭。烧饭用的是一个小炉子，装有米的小高压锅放上头，底下烧着松木，火大，松香散发。等到高压锅的放气孔响了一阵后，奶奶把高压锅端下来，拎起装满水的铝茶壶放上去煮开水，把大灶台的锅刷干净起火烧茄子了。

泡着的茄子捞起来切成条状。炒菜用的都是猪油，夏天的猪油油亮淡黄，炒菜下油时得用勺子舀。奶奶扔了一瓣拍碎的蒜下去，蒜被油煎得“吱吱”地冒着小泡。切好的茄子倒下去，一股油烟白雾往上冒腾。

茄子炒软了些许的时候，奶奶会加一点儿盐和一点儿水下去，盖上锅盖煮。装菜用的大碗用了有些年头，灰灰黄黄，碗上有许多交叉纵横、细细长长的龟裂。碗里头写着一个“灯”字，那是我爷爷名字里面的一个字，碗身画有一枝西西花。碗安安静静地被放在灶台上，跟我们一起守候着锅里的茄子，等它软透，等它吃够油水，等它起锅装进来。

我在烧火，我烧火最喜欢挑鲁草烧，鲁草烧起来的声音最好听，细细密密、整整齐齐的，像许许多多的蚕吃桑叶的声音。我总是往火塘里塞鲁草。奶奶总在一旁说：“火不要烧那么大，不能心急，不然就焦了。”

起了锅的茄子软塌塌地被装在碗里。趁碗还没有整个布热，我把茄子端到饭桌上去。奶奶在厨房刷洗干净锅，放了些水防止锅被烧干。

一屁股刚刚坐到凳子上，我迫不及待地拿起筷子夹茄子。

奶奶做的茄子软润嫩滑，素的茄子混着蒜和猪油的香，满嘴溜滑。

奶奶说：“慢点儿吃，慢点儿吃，女孩子别吃得跟男人一样。”

我也想吃慢点儿啊，可是，我总感觉，茄子一到嘴里，是它自己迫不及待地想往我肚子里钻啊。

奶奶种的茄子结出来是矮胖矮胖的，
深紫的皮颜色发乌亮。

午后

一睡醒来，恍恍惚惚。

背后凉凉，不想起来，头顶松枝遮住太阳，有光漏了出来，掉地上，零零星星。松树上流有松脂，空气带着淡淡的松香。老松树上也有知了，老松树的皮又厚又糙，真是不明白这知了为啥这么傻，要挑松树啃，不小心沾到黄色黏稠的松油，当心被蚂蚁搬走。

旁边有小溪，水是从山上流下来的泉水。这口泉水我知道。泉眼处挖开用来蓄水，跟着妈妈干活儿没有带水时，就去喝泉水，用手掬起捧着喝，或整个脸俯下学狗用舌头扫水，舌头短，再往下靠，一吸气，水进鼻子。妈妈时常在那泡西瓜，早上扔一个西瓜下去，中午捞起来西瓜，皮上布满水幕，忍不住用舌头舔舔，冰凉清润。一条小渠把泉水引下，水渠边长满鱼腥草，扯两把回家丢院子里，煲凉茶时再收起。泉水顺着水渠，绕过梯田，滑下半山，来到这里。

起身洗把脸。脚下水，搅起积泥，翻卷，冲散，流去。把手弄湿，涂脸，来回擦。热气散去，脸上清清爽爽。一只蚱蜢从地上跳到一棵草上，把草压弯。我呆呆地看着，不想动，力气在睡着时被风吹散了。

“野猪。”我哥唤我，顺着声音转头往上看，站在院子里芭蕉树下的哥哥只冒出半颗头。有个哥哥真烦，老是叫我外号，野猪多难听。鼻子长长、嘴巴尖尖，又黑又脏的野猪真丑，从一个山头跑下又冲上另一个山头的野猪，一点儿也不斯文。

“唉！”我不情不愿地回他。

“吃饭了！”

水渠里长有野芋，摘朵芋叶戴头上，回家。

爸妈忙，要去镇上摆摊卖衣服，出门时我和哥哥还睡着，迷迷糊糊地听到妈妈在交代哥哥，盆里放有刚摘的茄子，还有一颗咸鸭蛋，中午跟饭一起蒸着吃。我挪了挪屁水渠里长有野芋，摘朵芋叶戴头上，回家。

股，没有尿床，转个身，继续睡。

哥哥脸上黑得一道一道的，估计是煮饭时手脏擦汗又抓痒留下的炭，有个哥哥还是好的啊，起码会做饭给我吃。

厨房黑黑的，长长的电线沿墙走，从屋梁上垂下吊着沾满黑灰的灯泡，灯光又昏又暗。厨房里蜘蛛最多，又大又肥，时常有白白圆圆的卵袋挂在墙壁上，拿个凳子踮着脚把卵袋取下，对半撕开，细细小小的蜘蛛一窝蜂地冲了出来，卵袋里面没有小蜘蛛时，小小圆圆且淡黄色的卵，卵从卵袋里面掉出来，一颗颗摔地上找不见。

厨房的瓦有两片是玻璃瓦，光线穿进来，厨房里的烟尘藏不住，干脆也不藏，在光线下纷纷扬扬。哥哥已把饭菜端到灶台上，两小碗饭、一根长长的茄子十字切开成四条软塌塌地躺在铁盆里、一颗青皮咸鸭蛋，哥哥往茄子上倒酱油，我拿起咸鸭蛋，尖的部位对着灶台敲。

咸鸭蛋是妈妈做的。妈妈跟住祖屋的天来叔公买回几十个鸭蛋，两毛钱一个。天来叔公养了十几个番鸭，他常从荒田或水沟捡些福寿螺回来，人不能吃，敲碎，去掉壳喂鸭。鸭子养得毛油光水滑，屁股撅得老高，一天下一个蛋。鸭蛋买回来放屋里，拿把镰刀上山割树杈。树杈主要有枫树、布惊树、黄栀树，抱回树杈丢院子晒两天，第二天晚上起火烧灰。灰冷装陶罐里，倒包盐，加冷水搅匀，再把鸭蛋擦擦一个个放进去。

流着黄油，放嘴巴里绵绵沙沙、咸咸香香的蛋黄是我的最爱，哥哥也爱吃蛋黄，谁都怕对方吃得多。爸妈在家时会把咸鸭蛋对半切开，一人一半，爸妈不在家，不敢动菜刀，别看那菜刀被绣吃得黄黄的，稍稍用偏，一小块儿肉就没有了。

和哥哥端着碗坐在大门槛上，茄子跟饭搅搅，软烂的茄子缠着饭，夹一口塞嘴里，滑滑烂烂，用筷子蘸点儿蛋黄油嘬嘬，一碗饭也就吃完了。吃着酱油捞茄子，想妈妈做的清蒸茄子，要是妈妈做清蒸茄子，她会剁点儿肉、切点儿蒜，放猪油炒香，带点儿焦，加点儿酱油、蚝油，起锅铺满茄子，又香又干。要是妈妈在家，还能带着我们去后山捡茶树枝。妈妈说干掉的茶树枝好烧又耐烧，常带我和哥哥去捡。后山是片茶林，背阳，茶林阴凉湿润适合种茶，也适合长蘑菇，我在这边捡着树枝，听到妈妈惊喜地叫：“啊，又一朵猪肚菌。”我开心地跑过去，猪肚菌真美，像伞，又厚又大。妈妈把猪肚菌扯成小块儿，滚汤，放猪油，汤鲜得很。

我想妈妈了。

太阳翻过墙头后，爸妈应该收摊儿在赶回家的路上了，我出发了。从家里出发，沿着小路一直走，就能到村口，要是爸妈回来得早，不到村口就能遇到他们。路上遇到挑担卖仙人粄的两位江西妇女，她们一个高瘦，一个矮胖，远远走来像冬瓜和南瓜。她们翻两座山就到家，她们跟我大姑一个村。我时常爬到山顶朝着山那边又矮又小的房子喊："大姑！"我大姑有时还能给我回一声。她们停下来问我："去哪里？要不要吃碗仙人粄？""没有钱，不敢要。"我摇摇头继续走。

走得累了，坐路边大石头上，大石头晒了一天，有点儿烫屁股，只得起身继续走，热得口干舌燥。田里好觅食，干活儿的人把母鸡和鸡仔拢到田里，母鸡护仔心切，对路过的人备着戒心，还没靠近，母鸡已经张开双翅，鸡毛竖起，气昂昂，准备随时啄人。小鸡都要回家了，怎么妈妈还没回来啊？正担心，骑着自行车的爸妈从前面的竹林拐出来，像起飞的鸟。我开心地跑过去，爸妈停下车，我看到妈妈车头挂着个塑料袋，我一手抓住塑料袋，一手抓住自行车前杠，张口先问："是不是有好吃的？"

妈妈笑着点点我头，佯装责备：“你真是个好吃鬼。”

妈妈总说我好吃。我有多好吃？她说：“你为了口吃的走很远的路，我远远地看到前面一个小女孩儿，不用猜就知道是你了，你不知道你远远跑过来笑得多开心，眼睛有多亮。”妈妈说这话时，眼睛湿了又湿。

晃神百合

妈妈决定好好种些菜，带着我去菜地看看。菜地在池塘边上，站菜地，目光穿过池塘，往上看是一座山，半山腰穿着一条小路。哥哥站在小路上拿着一顶草帽招呼我：“野猪，要不要上来一起摘金银花？”山上有不少金银花，远远看像黄白相间的布放了上去，这一块、那一块的。哼，又叫我野猪，我才不愿意去。

妈妈站菜地中间，面对鱼塘，手叉腰。左脚边种的是石蒜，石蒜地里放了一片河蚌壳，专门用来割石蒜。石蒜没有蒜，跟韭菜一样割了又长；右脚边种的是空心菜，空心菜开了花，矮个绿杆的开粉紫花，高个白杆的开白花。妈妈炒的空心菜可好吃了，拍瓣蒜，嫩嫩的空心菜整把抓在手里，一扭，分两截，丢进热锅里，热气腾腾的，妈妈的刘海贴在额头上，像极了炒好的空心菜。正对的一排黄瓜和一排苦瓜，还有一排豆角围着鱼塘，有黄瓜垂下快到水面，傻气的草鱼跳起张嘴咬，真想提醒它，当心黄瓜身上有刺啊。屁股下面沿地爬的是南瓜，几天不见，南瓜的藤又爬远了好几米，南瓜花金灿灿的，像喇叭，若是摘了滚汤，这喇叭瘪了，像极了外公那没有牙齿的嘴。

妈妈左瞧瞧、右看看，原本信心满满地打算拔掉一些腾一点儿地出来种些芥蓝啊、菜心啊什么的，此时无从下手。

妈妈唤我："野猪，去摘朵芋叶，我摘些菜回家。"怎么连妈妈也叫我野猪了呢？我心里多少有些不情愿，站着不想动，可是菜地带着花纹的蚊子一直在找机会对我下嘴，无奈之下，我迈出了步子。

妈妈把长了的黄瓜和豆角摘了，看着豆角的叶子绿得出油，顺手摘了把豆叶。有了豆叶就少不了南瓜叶，起脚来到南瓜处，摘两片嫩点儿的叶子。南瓜的花开得很随意啊，妈妈也随意摘一些，再顺手摘多几片南瓜叶。

菜地处有口泉，妈妈把菜拿去洗洗。黄瓜洗干净后妈妈对半掰断，她一半，我一半。不知道黄瓜是不是沾了泉水的缘故，吃起来清甜爽口。妈妈对着半山腰喊哥哥，要他早点儿回家，哥哥应声应允。

妈妈很会滚青叶汤。豆角叶一片片撕，去掉叶脉。嫩南瓜叶用手搓掉毛，再洗洗，放一起搓揉软后放砧板细细切嫩。水沸后放进去滚，再放勺金黄油亮的鸡油。妈妈正把过了热水的豆角和南瓜杆倒热锅炒时，哥哥回来了。

哥哥把金银花摘了放草帽里，草帽装满后端回家，倒簸箕里，摊开，让太阳吃透。院子里晒着有一簸箕的金银花，是上次妈妈带着我和哥哥去摘的。上次摘金银花，我被一只淡青色的小青蛙吸引了，想要捉它，忘记了手里端着满满的金银花，帽子翻倒，金银花全倒芒草里，芒草根下都是青苔，厚厚润润，挨了妈妈骂。晒了几天的金银花，颜色和水分被太阳吸掉了，呈褐色。

前两天妈妈干农活儿出门前抓了一把金银花放进煮好热水的壶里，又洗一个画有红色鸳鸯的玻璃杯子倒扣在壶嘴上，拎着茶壶，扛着锄头出门。把茶壶放小溪里降温，盛夏太阳最烫，灼得人口干舌燥，妈妈干活儿一身都是汗，直起酸痛的腰急急去喝茶。

淡褐色的金银花茶已经放凉，味道带点儿苦，又泛着花香。地上沙子被太阳晒得烫烫的，妈妈没有穿鞋子，脚上都是黑黑的田泥，脚底被烫得痛，抬了抬脚，擦了擦额头上的汗，仰头“咕噜咕噜”喝下，再重重呼口气。活儿干完了，茶也喝完了，挂在锄头上的茶壶很轻。路边的野百合开了，妈妈摘一朵回家，她把花插厨房灶台上的空酒瓶里。酒瓶常年放厨房，被熏黑。酒瓶上的嫦娥脸上都是灰，穿着长长的水袖裙子正奔月，不舍人间烟火，侧头低看。洁白的百合看着黑黑的灶台，不知身在何处。厨房里飘散着的油烟里荡着南瓜豆角的清香，百合又晃了个神。

少年黄鳝

妈妈说，在她小时候，还没有使用化肥和农药，水田里黄鳝特别多。

大人们已经把一整片水田的泥土翻掇好了，等着秧苗长高，一棵棵插进去。妈妈和舅舅们等天全黑时，点上松枝条，提着小背篓，出门抓黄鳝。

夜空布满星星，远处山谷里鸟儿有一下没一下地鸣叫声，荡了过来。月亮清辉，亮不过心里头的兴奋。瞧那远处一圈圈的火光点点，都是一样趁夜觅野味的小伙伴。远远地喊了过去，守夜的狗最先回应着，“汪汪汪！”怕吵醒劳作了一天的大人，打过招呼后各自赶路。

刮掉松香，松枝条上还是残留有松香，烧起来火大，脚下的路明明暗暗。松脂的清香在空气中布开，混合着夜的清凉，饱吸一口气，步子越迈越大，越走越有力。

天气渐渐闷热，黄鳝夜里出来透气。火光一照，水田里大大小小的数不清的黄鳝安静地卧在泥土上，光滑有光。把背篓放在泥上，对准黄色伸手一抓，趁它还没有惊觉挣扎，迅速地丢到背篓里，手速又快又准。妈妈怕黄鳝，不下田，站岸上兴奋得跺脚。

外公、外婆生育有六个儿子、一个女儿，嘴巴一张，都得要吃，穷敝败落的家里，吃是每天的难题。舅舅们把满满一背篓的黄鳝背回家，倒在大木桶里，从井里吊起一桶井水冲到木桶里，井水的清凉吓得黄鳝钻来钻去。少年们一脸心满意足。再吊桶井水，冲刷干净腿上的泥土，回房美美睡去。这一夜，天井里的黄鳝躁动不安，窸窸窣窣。

杀黄鳝最壮观。在天井，舅舅们以木桶为中心，围成一圈，从桶里抓住一尾黄鳝往地上用力一丢，又快又狠，趁黄鳝趴地上动不了了，捡起来按住头，用锋利的小刀从头往下一划，血肉崩裂，剔去骨头，切长段。大半桶的黄鳝，只杀得天井里黑红又黏糊，抬头听风，屋后的竹林安静得很，脸颊上的热汗再也等不及了，大颗大颗地往下掉。

烟囱里很快有炊烟升起，妈妈烧火，往火膛里塞把鲁草，火齐齐烧起来，“噼里啪啦”，如按不住的喜悦。满满两大钵的黄鳝，撒盐，拍姜，倒油锅里炸。

油用的是自家熬的猪油。雪白的一小钵，放在灶台上。夏天天热，融成了一汪淡黄色。猪油一下锅，舅舅们就站起来，此起彼伏地守在锅前面。

长身体的少年有着填不饱的胃。新鲜刚炸的黄鳝一人抓一块儿，没吹几口气就往嘴里塞，烫得龇牙咧嘴，没嚼出味道便已经下肚。只觉得，还是太少了，今晚得抓更多回家。

我妈很会做黄鳝，但是她自己从来不吃。说黄鳝吞下去，在喉咙里头动。我不明白，黄鳝都煮熟了，可以吃了啊，为什么会动？

她说，那会儿村里有个女的，眼睛瞎，看不见，她有个女儿，人痴痴呆呆。她想吃黄鳝，就让女儿晚上也去。女儿分不清黄鳝和蚯蚓，同行的小伙伴不愿意把黄鳝分给她，让她捡了一小桶蚯蚓回家。

天还没有亮，女人还在睡，女儿想吃，偷偷做，烧火，倒油，倒黄鳝，盖上锅盖后铲起来。第二天，女人起来，女儿说黄鳝可以吃了。女人早馋了，想着女儿虽然痴呆还是有点儿用，夹了一根咬下去，吐掉，叫女儿过来，女儿乖乖走上前，手里的拐杖狠狠地抡了下去。女儿嗷嗷大叫跑了。

妈妈跟我讲了这个后，说实话，很长一段时间，我也不敢吃黄鳝了。

白糖蒸鸡蛋

外婆笑时一脸牙，不笑时嘟着嘴。有人说我长得像她，看了看外婆，若我老时牙还能这么好的话也不错。

外婆牙好，跟她坚持刷牙有关吧。冬天时，从山上卷着冷气下来的风扫过天井，前一晚留下的积水就结成了冰。早上刚起，还没有起火烧热水，外婆拿着搪瓷杯从水缸里舀一杯，站天井里刷牙。我手指伸进水缸，冷得手指发痛，断了早起刷牙的念头，我想妈妈冬天有时偷懒不刷牙一定也是被水缸里的水给吓到的。

外婆晚上不吃东西。可是临睡前关了灯后，她总会摸出一颗苹果给我吃。手摸着苹果，皮皱皱的，一口下去甜入了心。我想老鼠都没有外婆能藏东西，外婆总能从那个老旧摇晃的梳妆台里掏出东西：一颗皱巴巴的苹果、一块儿没了香味儿的大饼、一颗黏糊糊的糖果。在外婆的房间睡觉我是一点儿也不怕的。房间窗开向天井，月光照进来，外婆摇着蒲扇的手像广寒宫摇曳的桂花树。外婆总有很多问题，爸爸妈妈吵不吵架啊？养了几头猪？今年西瓜种了多少？姜和玉米都种了吗？外婆耳又聋，得大声回答，我回答得累，嚼着苹果窸窸窣窣地拼命点头，外婆没看到，又一遍遍问。我都不知道外婆的问题究竟还有多少没问，苹果吃完，翻了个身，我已踏踏实实入梦。

在外婆床上，我睡得特别实。外婆的房间小，放了一张床、书桌、椅子后，房间就只能站得下三个大人。床是老木床，画着梅兰竹菊和春夏秋冬。有床架子，罩着蚊帐，掀开蚊帐看得到把床架子塞得满满的厚衣服和棉被。床垫着老棉被，铺上老棉被床单，扎扎实实。椅子上叠放着夏天的衣服，满满的。书桌残旧，放了个樟木箱子，是出嫁时随嫁过来的。樟木箱子里面有什么呢？外婆说里面是她的寿衣。她老早就为自己备好了寿衣，放在樟木箱子里，隔一年翻出来看看。我不敢打开看。

我不敢看的还有浴室顶上架着的棺材。红色的漆，放得旧了，漆掉落，棺面斑驳像极了外婆长斑的脸。外婆说：“我以后老了就睡那里，埋入泥土，再也不醒。”我害怕，害怕它张开嘴巴把外婆吞了进去不再吐出。

外婆起得早，天还没怎么亮，捶着腰起身。我躺床上听外婆刷锅铲水，开门喂鸡，睡意重重。

外婆给我做的早餐总有白糖蒸鸡蛋，一个碗里敲两颗鸡蛋，不加水，放满满一勺白糖。外婆养母鸡，下的蛋攒着，她自己舍不得吃，常干活儿累了说头晕，一勺白糖融一杯水喝下。在外婆家住一段时间，鸡蛋全被我吃完了。开始时觉得好吃，没两天就腻了，吃一口，剩大半在碗里。外婆说这有营养，多吃一口是一口。外婆说：“你不知道哇，我以前生了孩子，没有什么奶水，孩子饿得嗷嗷哭，回娘家，我妈妈就这样蒸两颗鸡蛋给我吃，奶水就多了。”

妈妈说过，外婆娘家在海拔高、地势崎岖的古丁村。妈妈说：“你不知道那条路哇，又高，又长，又烂。”家里时常缺吃的，妈妈和舅舅就走路去他们外婆家，饱吃一顿，再挑一担番薯回家。外公不靠谱，挣的钱都自己享乐花掉，苦了外婆，日子过不下去时，外婆哭着跑回娘家。老人家给外婆弄点儿好吃的，拿两个萝装满粮食，劝外婆，不为自己

外婆给我做的早餐总有白糖蒸鸡蛋，一个碗里敲两颗鸡蛋，不加水，放满满一勺白糖。

也得想想孩子，你走了，家里几个孩子还巴巴地等着你回来啊。下山时天已黑，外婆不敢自己走，两个老人家，一人挑松枝，一人挑萝卜，外婆手拿点亮的松枝走前面。

听外婆说完勉强再吃一口，想起刷牙时看到水渠稀烂的泥里有泥鳅在翻腾，匆匆放下筷子，跑到门口拿上簸箕到水渠捞泥鳅。我拿簸箕一跑，外婆的猫也跟着跑。农村夏天的早晨凉，路边的小草缀满水珠，远处的山峰水雾缭绕，猫跳过水渠站到芋头边上，芋头的叶子晃动，水珠滚了下来。拿着簸箕的手冷得发麻，一个喷嚏忍不住打出，吓得猫一震。泥鳅早就不知道跑哪儿去了，簸箕捞的都是烂泥，懒得洗，放回门口，走进屋找外婆。

外婆在厨房，没有开灯，墙壁常年被烟熏，黑黑的。火灶里的火灭了，猩红的木灰喘息着发出最后的光照着外婆，外婆正端着我吃过的鸡蛋碗，坐在火灶前的长条凳上。长条凳用得久了，数不清的沟沟壑壑。长期的劳作让外婆的手跟长条凳一样，又老又皱的。她正用筷子戳粘住碗壁的鸡蛋，戳出细细碎碎的碎末儿，扒嘴巴里。壁上还有零零星星的一点点，她用筷子去蘸，然后放嘴巴里咂摸。外婆吃得仔细认真，好似什么山珍海味，一点点的零星碎末儿都不放过，恨不得把碗刮了吃似的。我想，等我长大了一定买很多的鸡蛋和白糖给外婆，让她每天都能吃上白糖蒸鸡蛋。幸好，现在的外婆不用每天都吃白糖蒸鸡蛋。

美貌猪头的肉饼

爸爸穿着白衬衫，拎着红色的塑料袋穿过竹林来到院子。爸爸慈爱地看着我，微微笑，问："怎么样，今天你的脸好些了吗？"我的手摸了摸脸，脸颊上糊满臭臭的药膏，忍不住用手刮了刮，黑色的粉末儿塞满指甲。药膏下是我那得了腮腺炎肿得鼓鼓的脸。肿着脸，哥哥喊我野猪喊得更起劲儿了，他的眼神闪着欢喜的光，落在我的脸上，再在我的脸上扫视一圈，他咧着嘴，小小的眼睛眯成缝，洁白的牙齿跟雨水冲刷后的鹅卵石一样有光，张开嘴，坚定有力的新外号从他嘴里冲出来："猪头。"外号就是不管你接不接受，一旦被叫了出来就再也甩不掉了，比苍蝇还讨厌。

为了我的清誉，我要反抗，抄起地上的棍子就去追哥哥，早有防备的哥哥如兔子般跳脱开了。哥哥一声声地叫着我猪头，制止不住他，真是令人生气。跑进房间看着镜子中的自己，打着赤脚，穿着发旧的红裤子，哥哥穿过不要的黄色短袖，半边脸是乌漆漆的药膏，没有药膏的那半边脸也白不到哪里去。塌塌的鼻子，光亮的大脑门，短短的头发，一点儿也没有爸妈房间墙壁上挂着的美人图上美人的样子。如果以后我的脸再也不会好了，那么真跟猪头没什么两样。坐在门槛上恨恨地抠着药膏，又忍不住掉下泪来，我的美貌啊。

看着爸爸，我侧过头，耸起肩膀，肩膀顶住脸颊时脸上那阵阵酸痛并没有减轻，我摇了摇头。爸爸把手里拎着的红色塑料袋提到我面前说："晚上给你剁肉饼吃了，你吃了就会好得快。"

爸爸拎着肉走进家，白白的衬衫照得屋子亮亮的，身上的烟草混着油汗的味道让人踏实。爸爸问："你妈呢？""妈妈打鲁草去了。"傍晚妈妈做饭时发现屋檐下堆着的鲁草不多了，把米饭和一颗咸鸭蛋放锅里蒸后，趁着还没天黑拿着镰刀和竹杠准备去打鲁草，来不及剖劈篾条，抽出一把堆在屋檐下的鸡窝上的稻草，头尾打结接长就可以用来捆鲁草。妈妈喊上哥哥去后山，留我在家看着灶台里的火。我是最怕一个人待在厨房里看火的了，厨房被烟熏得黑黑的，厨房的窗开向屋后。据说有一年，村子里进了个逃犯，他就躲在屋后，等到天黑屋子里的人睡觉了，他把开向屋后的厨房的窗户拆了，钻进厨房把好吃的都拿走了。想到屋后万一躲了个坏人，一张可怕的脸悄悄地出现在窗户外，想想我都怕极了。

跟在爸爸身后，穿过天井右转进了厨房。灶台里的火灭了，火灶里猩红的火炭蒙上了层灰白的灰，锅里冒出的热气低低四散，像河岸边垂下的杨柳枝。爸爸把猪肉放案板上，用手抓了把鲁草塞火灶里，红色的火迅速地吞噬掉鲁草，一寸寸地烈烈烧着，像烈日炙烤山河大地没有一声喘息。趁着鲁草烧起来的火旺，爸爸从柴堆里抽出树枝，拢起折断塞进火灶。树枝是樟树枝，屋边竹林旁种了几棵樟树，为了使它们长得高，妈妈爬上树把细小的分枝劈掉。新劈的樟树散发着清香芬芳的气味，好闻又让人清醒。晒干后堆在厨房的柴堆里时，得细闻才能闻出是那天新砍下来清香芬芳的樟木，而此时火烧着樟木叶子缠着树枝，火灶里散发出浓烈的樟木香，火让樟木“复活”，那些深藏的气味如洪水泄闸般拦不住。

爸爸从水缸里舀一瓢水倒进盆里，将袋子里的猪肉拿出来放进去。一条带皮的五花肉、一长段粉肠、一块猪肺都洗干净。五花肉解下皮，肉切细，皮切小。粉肠切掉油切成段，猪肺切成块，混一起剁碎。爸爸的手握着菜刀，青筋凸起，“笃笃笃”的剁肉声有力且有节奏。剁肉声一响，院子里的鸡“齐刷刷”地跑进来，不喂它们吃点儿啥是轰不出去的了，我拿着猪皮和肠油一边走一边“咕咕”叫着，鸡立马跟着我跑了起来。多聪明的鸡啊。

我不会把猪皮和肠油全部扔出去，要留一点儿给“歪头将军”吃。“歪头将军”的脖子在还是小公鸡时就弄坏了，不知道是怎么弄坏的，注意到它时头已经歪得直不回去了。等它渐渐长大，到了该阉鸡的时候，哪怕把吃食放它脚下，它歪着头也得费些功夫儿才能啄上，别的鸡都在抢食，它被挤在后面歪着头找。别的鸡个个都生龙活虎，长得溜光水滑、屁股翘翘的，妈妈说不知道它会不会饿死，就不阉它了吧。看着它身上长出的火红色的羽毛，走路时公鸡的神采难掩，妈妈给它取名叫“歪头将军”。看，我家取外号多厉害啊，这样贴切形象，都是遗传。

我把“歪头将军”捉住，抱进房间，给它喂食。才把它放地上，哥哥和妈妈挑着鲁草就回来了。鲁草放到地上，解开稻草把鲁草摊开晾，我扑了上去，泥土的腥和落叶腐败的气息扑腾而来。我在翻找沙果，妈妈割鲁草快，经常把沙果树也割了回来，小小的沙果树上挂着小小的沙果，酸酸的带点儿涩，口水“咕噜咕噜”地如泉冒出。

“野猪，你又在房间喂鸡！”哥哥放下鲁草回屋里发现了房间里的“歪头将军”，大声冲我喊。我才不理他。爸爸妈妈都在家，看他敢拿我怎么样，哼。从鲁草堆里翻到了当捻，青的，硬的，过两个月就紫了，软了，被妈妈给割下来真可惜。“野猪，跟不跟我去摘菜？”妈妈放下竹杠洗干净手进厨房看了看今晚的菜，走出来喊我去菜地。才不去，明知道我害怕一个人在厨房还留我一个人在家看火。心里想着，嘬嘴摇了摇头。

“野猪，进来洗澡了。”又是哥哥在喊。天将黑，天色暗青，一朵厚厚的云里炸出玫瑰色的柔光，远处的山像水牛静静地卧在水里。树林里的噪鹃一声声叫着，把村子叫得空空寂寂。竹林对面的杨梅树笼罩着一片夜的深幽，风吹一阵凉一度，夜要来了。望了望竹林下的那条小路，这条小路一直延伸到山顶，山顶那边的斜坡是茶树林，穿过茶树林是条一米宽的路。山坡上有不少坟，这些坟安得时间久了，隐在山林里，已经是这山林的一部分。毕竟是坟墓，有个晚上梦到一个穿着深蓝色衣服的男子从坟墓里出来，一步步走到竹林下的小路朝着我家走。莫名害怕，赶紧进屋。

妈妈说我洗澡真是洗了好久，都吃饭了才出来。我也不是只洗澡啊，我在浴室打蚊子。浴室的一面墙塌了几块砖，水缸面大的窟窿对着屋后的山。屋后阴凉潮湿，花蚊子最多，浴室的灯一开，都飞了进来。衣服都还没脱呢，就往我身上叮，也太欺负人了吧。捞起水桶里的手帕，拧掉水，看到蚊子就甩过去，在浴室里甩出一身汗才洗澡。出了浴室，饭菜都上了桌。

“野猪，给你吃，野猪吃猪肉。”哥哥难得好心夹了块儿肉饼给我。我爱吃肉饼，肥瘦相间，又香又烂。最好的是肉饼的汁拌饭，倒点儿汁到饭里，和着汤汁的香甜和油脂的醇香，“砸吧砸吧”，半碗饭就落了肚。“多吃点儿，有猪肺和粉肠的，吃了清热解毒。”爸爸又夹了块儿肉饼给我。爸爸很少给我夹菜，既然吃了能让脸好得更快的话，那么我就不客气啦，忍着脸颊不适张开嘴巴的痛，“嗷呜”一大口，腮帮子鼓鼓的。“妈，你看，野猪现在这个样子是不是更像猪头了？”哥哥指着我鼓鼓的腮帮子说，妈妈转过头一看，嘴里吃着的饭笑喷了。

吃得肚子圆圆的，坐在天井边的小板凳上不想动。哥哥在收拾衣服准备洗澡，妈妈在洗碗，爸爸在房间抽烟。夜来了，远处的山林里除了噪鹃，还有乌鸦和不知名的鸟在一声声叫嚣着深山里埋葬的那些可惜的可怕的故事。天井往外看，天像块儿黑黑的布，上面闪着零零星星的光，看不到月亮，月亮估计在竹林上空亮着，打开门就能看到溶溶月光从天洒下，照在小路上，地上的萤火虫被点亮。浩瀚无边的宇宙啊，在这一刻我把它收在家里。

那就
等一等

1996 年的最后一天

1996年的最后一天。

妈妈站在院子里往远处看去，山上一片白茫，树上披满冰条，透明莹亮的冰在阳光下闪着光。妈妈说："啊，很多年没有这样冷了，你出生到现在还是第一次这么冷，幸好给你买了皮衣。"

这是除夕，1996年的最后一天，世界结了冰。

妈妈买的皮衣放在床上，黑色的皮，加绒加厚的里子，还有条紧身加厚打底裤。拿着新衣服闹着要第一个洗澡。灶塘上的两个大锅都煮好热水，吃过午饭没多久就可以洗澡了。

爸爸把天井放着的白铁皮桶拎进厨房，红色的塑料水瓢放在灶台上，用得久了，油油黑黑的，抓住往锅里瓢水，油星混到热水里，散开。很喜欢大舅家的水瓢，那是葫芦做成的。大舅种有葫芦，在外婆家时时常看到田里回来的大舅手里拎着青绿的葫芦，刮了皮，切成一片片，拍蒜，大火炒。挑个大的留在地里长到老，摘回来晒干，直到葫芦晒成土黄色，敲敲，里面空空的，拿把锯子，对半细细锯开。一个葫芦，锯成两个水瓢，又轻又好看。

爸爸把热水拎到浴室，伸手指试试水温，又从天井的水缸里舀两瓢冷水兑兑。没有自来水，天井那从水管里流出的水是从屋后半山处的水池里接下来的，水池没有盖，要是闻到水有股怪味道，准是水池又掉进了老鼠。

浴室的木门上面矮出大半截用来放衣服，真的是不舍得把新皮衣放上去，木门上面那么粗糙，万一把我新皮衣擦花了怎么办？浴室的地板爸爸冲刷干净了，浴室靠后山的墙塌了一半，浴室有两张八仙桌大，冬天冷，有两只鸡冻死了，妈妈把鸡窝搬到浴室，一个木制的，像婴儿床的鸡窝还是我和爸爸一起钉的。七八只大阉鸡，过年吃的。几天前，人一进到浴室，鸡急急地伸出头，任意做个动作，傻气的鸡看也不看前面的饭兜立马低头就啄，早就空了的饭兜被啄得“笃笃”响，幸好不是啄在我身上，不然得多疼。小心翼翼地脱衣服，鸡也不把头伸回去，一排的鸡头看着我，不好意思，转过身，又感觉屁股要被啄了，又转回来。而这些鸡，在除夕的上午被拔光了毛，一只只放在红色的塑料桶里，等我和哥哥洗澡用完灶台第一个大锅的热水就下锅煮熟。浴室里还残留有鸡屎的腥臭，看了看皮衣，真担心皮衣也会弄得臭臭的。

快快洗完澡，穿上我乌亮亮的皮衣。哥哥已经拿着新衣服站在浴室门外等着了。哥哥的新衣服是牛仔裤，颜色像鱼塘里石块上的青苔，黄色的风衣是成熟的水稻，还有件妈妈手织的黄绿色的套头羊毛衣，那些刚冒顶的小嫩芽就是这样的鲜。这些衣服颜色真好看，过个几年哥哥长大了穿不着后都是我的。妈妈说这皮衣风透不进，水也漏不进。穿上它，体内有股强大的神秘力量充盈着我，跑到院子里，看着透明莹亮的世界，呼口气，一团白气如花般舒展，又似水纹扩散。啊，我从来没有经历过这么冷的冬天，幸好我有皮衣。

哥哥洗澡完，一脸的欣喜，穿上新衣服像个机灵的小公鸡。“哥哥，你看，我的皮衣不会透风，不会漏水。”我双手叉腰得意地摇摆着身子向他靠近。“切，只要是衣服，都会透风，也会漏水。”哥哥不屑。“哼，那是因为你没有皮衣，我给你看看我的厉害。”说完我跑进屋，进厨房拿上水瓢，跳到天井，从水缸里舀一瓢水，往自己身上一泼，于是，冰冷的水从皮衣拉链处钻进，有些还从皮衣上流下漏到裤子上，冬天的水带股天然的神力，弄到身上跟鞭子抽了似的。妈妈正弯着腰在厨房里面煮鸡，把鸡放大锅里，水没够，大火煮，鸡熟后捞起来放好，要吃时对半切开，炒姜蓉，吃不完的鸡煸干，爸爸最爱了，鸡骨头嚼得跟吐掉的甘蔗渣一样。锅里还剩有鸡汤，妈妈把炒过的胡椒舂碎撒点儿汤里，一人一碗，又辣又香。而爸爸正在小灶上调米糊用来贴春联，半碗水，一勺糯米粉，调匀，火烧着，锅里的米糊越搅越稠。锅底的米糊巴巴用铁铲铲起来，撒了白糖，又甜又香。

“妈妈，我身上湿了。”我站门口怯怯地开口。爸妈回头看我，妈妈慢慢直起腰，原本镂空的刘海贴到了一起，重重呼口气，快步走到柴堆里抽出一条杉树枝，厉声地说：“是不是想挨打了？你过年就只有这身衣服，湿了你穿什么？”杉树枝还没有落下，我先大哭，爸爸上前拿过妈妈手里的杉树枝柔声劝道：“烘干就好了。”既然哭都哭了，那就干脆哭个够吧，使出浑身的劲儿，继续哭。看我甩出劲头哭起来没完没了的架势，妈妈吐口气，转身继续煮鸡，用筷子把锅里的鸡翻个身，爸爸也转身走了，说：“快把衣服换了，等你换好了，米糊巴巴就可以吃了。”

从樟木衣柜里找出棉衣，妈妈把房间收拾了一遍，把到处乱放的衣服洗干净整整齐齐地叠好放进衣柜，不知道她是怎么顺手往衣柜的最角落一捞的，捞出一根发黑腐烂的芭蕉，初秋院子里的芭蕉砍下时青青硬硬，为了快些吃上摘下一根藏在衣柜的最角落，那里我还藏过柿子和李子，果实闻着衣柜清爽的樟木香和衣服洗过的皂香，醉了心，软了身。衣柜里的这些衣服叠叠挤挤也没有弄热乎，太阳把衣服上的水晒干，而它们把太阳放在了下一个梦里。颤着牙地脱下衣服，换上干的衣服，身上跟贴着冰似的，来不及把衣柜门关上，一柜花花绿绿的衣服都是春夏秋冬压实的梦。跑进厨房站在爸爸身旁，爸爸已经把米糊巴巴铲起来了，撒上了白糖，拿着一边吃着一边走到灶塘前的长条凳上坐下，红红的火熊熊烧着，身上的寒冷一点儿点儿地被驱散开来。锅里的鸡汤“咕噜噜”地冒着泡，妈妈的头发乱了，用了许久的橡皮筋由灰色变成了黑色，黑得跟厨房的墙壁一样，是灶台里一餐餐、一天天升起的烟熏黑的。世界结冰了也不怕，我们灶台有火。

奶奶的粮仓

奶奶的粮仓大，足足放得下四张八仙桌。奶奶家的粮仓跟我家不一样，我家的粮仓是两块儿半圆的铁皮围起来，底下和顶上都是铁皮盖，像个大的饼干盒。爸爸把一袋袋稻谷倒进去，自豪地说："这些铁皮老鼠咬不烂，我们家的粮仓不会进老鼠。"爸爸把铁皮盖儿盖上，放心地把门锁上。妈妈把院子里的芭蕉砍下，为了让芭蕉早些熟透，准备放粮仓里。妈妈把门开了，掀开粮仓铁皮盖，一窝老鼠长得溜光水滑。老鼠从铁皮盖儿的缝隙里钻了进去，并且不愿出来，不浪费光阴，母老鼠的肚子又鼓了，如果不是要放芭蕉被发现，估计会有一窝又一窝的老鼠出生。

奶奶的粮仓三面木板钉死，正面是几块儿木板横插下，像个四四方方的小木屋，捉迷藏时最喜欢躲粮仓，取下几块儿木板，爬进去。稻谷用蛇皮袋装好堆放着，粮仓正中悬挂着的一个个红色塑料袋，里面装有柿饼、番薯干、花生和黄豆。取几块儿番薯干躺在稻谷堆上细细嚼，番薯干上还粘有一些稻草的碎屑，晒制时粘上的。

番薯是奶奶自己种的，三月中旬的时候托堂大伯买来番薯苗，土地翻新后播种。翻地时找个铁罐带去，新翻的泥土里蚯蚓无处可藏，奶奶捡起丢铁罐里。蚯蚓喂番鸭，吃了蚯蚓的番鸭下蛋多。回到家一敲铁罐，一群番鸭摇着尾巴摇晃着过来，阳光下的番鸭，羽毛五颜六色泛着光，活像个滚动的大彩石。六七月番薯长出藤，又浓又密，割下藤抱回家喂猪，番薯贱生贱长，藤割得快，长得也快。潲水倒大锅煮，番薯藤整齐地堆在灶台，奶奶拿着菜刀一边剁一边扫进锅，煮得稀烂后，提去喂猪，白里透红的猪凑着嘴挤来挤去，奶奶指着猪说："你看，多像你。"

到了八月起地，挖出番薯。奶奶把大个儿的番薯挑出装箩挑去河里洗，番薯倒在河边，箩洗干净，将洗净的番薯丢进去，番薯上的泥把水弄混，正蹲在石头上准备双手捞虾的我看不清，往前走，脚把河里的泥土搅翻，这下奶奶说我了：“别把水搞脏了，番薯洗不干净啊。”奶奶洗完番薯挑回家直接倒锅里，不再用水缸里的水冲洗，她指指屋后那座稳稳的大山说：“水都是从那山里来的，都是泉水怕什么。”番薯蒸七分熟，切成块儿，挑去收割完的水稻田里，把田里堆着的稻草铺在稻梗上，一块块番薯放上去晒。番薯甜糯，不小心稻草也贪嘴。这些番薯干奶奶自己吃不多，倒是每次家里来客时，一把把抓满装出来。

吃了番薯干再拿一两块柿饼尝尝，奶奶的柿饼圆圆的，她不偷懒，一个个柿子削去皮用簸箕装着放到围墙上晒，围墙下的鸡伸长脖子想吃，奶奶也不赶它们，让它们伸长脖子怎么都够不着。削掉皮的柿子，在太阳底下光溜溜地排着队，白云翻滚，屋前桃树上的鸟在唱歌，远处的稻田晚稻开始抽穗，山谷的风凉凉吹来，柿子软得一塌糊涂。

吃多了甜的容易腻，还有咸的。奶奶在后山种了两块地的花生，早春时她挑上一笼鸡去花生地里锄地，把杂草除了，泥土翻新，突然被翻掉泥土的蚯蚓藏不住身子，在泥土里撒起泼，弹跳起来，老母鸡立马啄住，放地上“咯咯”地招呼鲜红鸡冠刚冒顶的黄毛小鸡尽情吃，好新奇的小鸡“唧唧喳喳”地忙着放风无心去啄，急得老母鸡啄起、放下，又啄起。奶奶用小锄头勾出一排排的小坑后，我拿着红色塑料袋，里面装着奶奶细心挑出的种子，一个坑里丢两粒种子，小鸡们看着从空中落下的种子，有了兴致，冲上来要啄，跟在我后面的奶奶立马用锄头把泥土覆上，小鸡们踩在松软的泥土上，低头啄，淡黄的鸡喙上沾满乌黑的泥，另一旁的老母鸡自顾自地啄食起来，想起孩子们时不时地抬头“咯咯”两声后，继续低头从泥土里面找寻起来。

花生从地底拔起时，四个多月前的那窝鸡已经长大了，母鸡们红了脸，快步上前它们不自觉蹲下，温柔得不像样，公鸡们已经被抓去集市上阉了，没有雄赳赳气昂昂的架势，却时不时地调戏下母鸡，作势要骑上去，母鸡蹲下，公鸡从母鸡身旁跑过，好似它刚刚错认母鸡为跨栏，助跑到栏前才发现是母鸡。

花生一拔，一窝蜂地冲上来，先啄到蚯蚓的鸡啄着蚯蚓跑开了，没有啄到蚯蚓的就啄花生，花生带壳硬硬的，咽不下，甩出来，已经是土黄色的鸡喙又沾满了泥。奶奶把花生一颗颗摘了洗干净，个儿大饱满的挑出来一晒干，剥了壳，一部分用来榨油，一部分用来做种子，不够饱满的花生倒大锅里加盐煮熟了，晒干成了盐水花生。

奶奶的粮仓收着一年四季，而四季把奶奶的粮仓翻了个遍。

抓一把盐水花生，躺在稻谷堆上，剥开，白玉似的仁儿，对半咬开看得到油亮的花生油，花生的香甜浓郁勾得口水阵阵涌出。粮仓里都是稻谷的清香，粮仓被老鼠咬了洞，被奶奶用水泥糊上了，老鼠又从别处咬了一个洞，气得奶奶从粮仓里挂着的黄豆取了一斗下来，拿去跟上屋的叔婆换了一只猫回来。

粮仓是奶奶的神，地里面干活捡起上次收获时漏掉的一些花生，几杆黄豆和几颗番薯，这些粮食捡回来晒干后统统被放进粮仓。闲下来的时间里，奶奶会取下几块横放的木板，细细地看粮仓里安放着的粮食。奶奶齐耳短发，头发颜色发灰，间杂几根白头发，原本的鹅蛋脸型因肉下垂变成椭圆形，脸上平滑，笑起来时只有眼角些许皱纹，更多时候奶奶脸上是一副从容坚毅的神情，在粮仓前似君王站在高高的城楼上，默默地丈量着自己的江山。她时常拿下悬挂着的袋子，用手掂量掂量，黄豆够过年磨两桌豆腐，除去来年的种子，还剩十几斤，村里人要是有要黄豆的可以拿一些出去换些小鸡回来；花生炸了油，那些油一罐罐装好放在粮仓的角落，过年起油锅炸东西倒一些跟棕榈油混混更香，剩一大红塑料袋的花生，没菜吃时剥一些放锅里炒香，一粒粒花生米，再喝一碗酒，下雨天时奶奶在客厅一坐就是一下午；这些一袋袋装满的稻谷，也够那些鸡吃个一两年的，鸡比人能吃，能吃的丢院子都被啄得干干净净。

粮仓角落竖起三袋粮食，那是糯谷，奶奶酿酒用的，奶奶的酒一缸缸放在她房间，地里回来一杯仰头“咕噜咕噜”地饮下，劳累和烦闷都落了胃；菜也是有的，沿池塘种下的苦瓜，摘了晒干装在袋子里，冬天想吃时抓一把泡泡炒鸡蛋，还有茄子干、豆干、南瓜干，这些炒不了鸡蛋就蒸五花肉吧，肥瘦相间的五花肉铺上去，油浸了下去，整个夏天的清爽压在碗底，在冬天裹着油润一口口活络起来。

比哥哥先找到我的是奶奶，奶奶拎着一小袋东西一高一低地走了进来。奶奶的脚在六十岁那年摔断过，打了钢板的脚变成一长一短后，对天气变化也敏感了起来，时常看到奶奶坐在客厅的藤编长椅上，的确良的裤子挽到大腿处，长长的指甲开始抓痒，直抓得腿上破了皮也不停下。雨还没有下，奶奶的腿已经被抓花了。袋子里装着一升白芝麻，芝麻种在菜园里的最角落，劈了杆晒干后放在米箕里用手搓，白芝麻“噼里啪啦”地爆开，除去碎壳，白白小小的芝麻像激流溅起的水珠。奶奶看到我吃了花生乱丢在粮仓的壳，平静地要求我捡起来丢出去，不然招惹了老鼠，东西就都被咬了。奶奶把白芝麻袋跟花生挂在一起，我想这些白芝麻她是要留到过年炸米橙时用吧，过年大家在奶奶家团聚，爸爸和姑丈们一起做米橙，花生炒香去衣压碎跟炒熟的芝麻一起倒到刚从油锅里捞起的米花里，跟麦芽糖浆混一起，平铺压实再切成一块儿块儿的。

奶奶总能从粮仓里掏出一袋又一袋的粮食，早春种下的花生和黄豆，仲夏收割的稻谷和晒干的瓜果，秋季晒软的番薯干和柿饼，冬季藏下的菜干。过年做好的吃食被奶奶收好放粮仓，年后农耕带去田里劳累时可以吃吃。奶奶就地坐在田埂上，掏出袋里装好的米橙掰好放嘴里，用牙龈一点儿点儿地磨，许是山里的风把米橙的香甜酥脆带去了山林，藏在林里的布谷鸟“布谷布谷”地叫，唤醒了山谷深藏的其他鸟，鸟鸣从葱郁的树林里一圈圈荡了过来，奶奶听着鸟鸣数着一生中这样的时刻来来去去多少回，静默无言。奶奶的粮仓收着一年四季，而四季把奶奶的粮仓翻了个遍。

我生气了

妈妈将鸡笼放在屋檐下的柴堆旁，又用干稻草围着，只留下一只鸡进出的门。母鸡温顺地钻了进去，下了一枚蛋后，钻出来，站院子里，翘起尾巴，伸长脖子“咯咯”地叫着，恨不得让全世界的人都知道它下了一枚蛋。上一次，我将热乎乎的蛋捡回家，放在饭桌上，妈妈夸了我，说：“野猪长大了，会帮忙做事情了。”有个难听的外号真要命，妈妈夸我也不懂得要把外号去掉再夸，这样我会更高兴。

为了能得到妈妈的再次夸赞，我要再次勤奋起来，守在鸡窝边。有个母鸡，有着黄底黑碎花的毛，它最爱早上下蛋。太阳还没有晒到院子，它已经下完蛋了，在院子里“咯咯咯”地叫着，声音穿过竹林，又响又亮。远处路过扛着锄头、戴着斗笠去地里干活儿的人，听到声音，总会忍不住地转过头来望望藏在竹林里的我家。这黑碎花的母鸡钻进笼子，笼子底下铺的是厚厚的稻草，它每天蹲一个位置，位置上的稻草凹下去了，是个窝。它每天都要在窝里蹲蹲，每次蹲之前总是要用爪子扒拉两下，再蹲下，就好像这个窝每天都是它自己扒拉出来的一样。可不能靠前去看它，若走前去，它全身的羽毛会竖起来，拿出护小鸡崽的气势，谁敢朝它走前一步，它绝不留情。

等它走远了，我立马钻进鸡窝，捡起它刚下的蛋，还是热乎乎的。想着把这蛋等会儿放饭桌上，妈妈看到她肯定又会夸我了，盯着鸡蛋，没有看脚下的路，被院子里放着的石头绊了一下，整个人往前扑上去，鸡蛋摔了。妈妈正将昨晚一家人换在浴室的脏衣服拿到天井准备洗，看到门口的我，忍不住骂：“你看看，把鸡蛋摔了不说，还弄了一身的鸡屎，又要洗。”妈妈生气时爱板着脸，有点儿像外婆，可外婆板着脸的时候是故意唬我的，我一点儿也不怕；妈妈板着脸的时候，可严肃了。鼻子一酸，我委屈，我伤心，我是不小心摔的，还骂我。

回房间将手擦干净，把衣服换了，丢到天井里装脏衣服的铁桶里，为了表达我的不满，我拒绝和妈妈说话。搬来竹椅，跷着二郎腿，双手交叉抱胸，坐在天井看妈妈洗衣服。妈妈将天井水缸里的水舀到桶里，衣服浸湿，捞出一件，放到天井的洗衣石上，涂上肥皂双手用力搓。洗衣石可是从河里搬回来的，光滑平整，平日里，太阳从天井里漏了进来，照在光滑的石面上，石面莹莹有光。我最喜欢坐在洗衣石上看花。天井正中用砖头堆起花台，花台上放了盆朱顶红，这房子建了多少年，这朱顶红就养了多少年。一个个的茎卵裸露，紧紧挨在一起，顶出一朵朵的花。长长的，嫩绿的颈，好似一掐就会断，撑着鲜红的大喇叭状的花朵，像个害羞的美人，娇羞着低头。妈妈洗衣服总会搓出许多泡泡，大大小小的泡泡流光四溢，像一个个的小彩虹，水倒在天井，泡泡“毕毕剥剥”地一个个爆开，有烟花迫不及待的气势和转瞬不见的惋惜。

妈妈干活儿很利索，一大桶衣服，一件件洗干净拧掉水，丢在桶里拎去院子里晒。我搬着竹椅在大门口坐着看她晾衣服，妈妈甩开拧紧的衣服，细小的水珠从衣服上弹跳出来。妈妈说：“来，野猪，帮我去屋里把晾衣架拿出来。”我转过头，嘟嘴不理她。我用拒绝跟她说话来表达我难过、委屈的情绪，要让她看见我的委屈和难过，我生气了，这事儿很严重，得让她知道。妈妈见我不理她，也不说话，自己进屋去拿。晾衣架撑住衣服，用晾衣竿将衣服挂到架子上去。晾衣竿是她自己做的，从屋后砍了根小翠竹，用镰刀削去叉枝，削平整，去掉头尾，尾部用小砍刀砍成“V”字行，一个晾衣竿就做成了。晾衣竿轻，我曾经举着它往上捅云朵，想要捅块云朵下来吃吃，软软绵绵的白云，吃进嘴里该是松松甜甜的吧。可惜没捅到。我踮起脚，往上捅，够不着。我跳起来，手直直举起晾衣竿捅，还是不行。似乎就差那么一点点，我站在院子里的石臼上，踮起脚，继续往上捅，还是差那么一点点。看着院子上头的白云还是慢悠悠地继续飘着，软软绵绵很好吃的样子，咽了咽口水。

妈妈在院子里晾完衣服，从大门背后拿出镰刀，拿上挑柴用的竹杠，竹杠两头还缠着前些日子剖劈的篾。篾放了有两三天了，干的篾韧性不够，妈妈将竹杠插进水缸，让篾浸湿。她平时交代我和哥哥，不能什么东西都往水缸里弄，把水弄脏了。你看，为了省事，她自己又直接把竹杠插水里。大人就是这样，讲道理的时候好像他们自己做的都是对的。要不是我现在不想跟她说话，我真想提醒她，有次我直接用喂鸡的盆舀水喂鸡，说我弄脏了水，那你现在把竹杠插水里，就不弄脏水？哼！

妈妈出门去割鲁草，将竹杠放在右边肩膀上，右手抬起，在面前压着平衡，左手拿着镰刀，屁股一扭一扭地往后山的路上走。我还跟着，妈妈回过头说：“别来，太阳大。”我噘起嘴，别过脸，不理她，拒绝回应，要让她看到我的坚持，我生气了，不是一两下就没事儿了。我继续跟着她。到了山上，我站在树下，看着她俯身埋没在山上成片的鲁草里，像蚕食桑叶，把鲁草整整齐齐地割干净。空气里有鲁草的清新，也有山林厚厚的落叶里散发出来的腐朽，太阳很大，头顶晒得发麻发烫，妈妈从一旁的草丛里拿出藏进去的水壶问我：“要不要喝水。”太阳那么大，喉咙发疼，我说：“要。”山野人少，植物野蛮生长，藏进去的水壶，被浓浓厚厚的草丛护住，太阳晒在草丛上，炙热被草丛一波波地扫开，太阳无奈，让蝉叫嚣。我张开嘴，大口大口地将水“咕噜”进肚子，再长长地呼口气，啊。妈妈直着腰，手往背上捶几下，满脸的汗，直直流下。我把水壶递过去给她，说：“妈妈给你。”她接过来，一口气将水都喝完，喝得又凶又猛，喝完重重呼口气，“咂吧”一下嘴，无味儿的水被妈妈喝出了味道，我想或许是冒着泡泡的冰镇汽水味儿吧。我的拒绝说话就这么结束了，我的委屈和难过，被太阳晒了个精光。

一场雨，一放晴，日子来来回回地浸泡、蒸腾，天井里的朱顶红看着洗衣石上的水渍慢慢干掉，不知道又有多少时间悄悄地溜走。

家有柿子林

站院子往对面的山上看，目光从山顶往下滑，停在山脚下的柿子林里。若妈妈刚好站在旁边，她会说：“我们这柿子用来做水浸柿是最好吃的，别的地方没有这么好吃的柿子。”她的语气里充满自豪。忍不住转过头看她，妈妈扎了两条马尾，镂空丝薄的刘海罩在额前。扎了马尾的妈妈喜欢跑，让我在后面追她，从院子追到祖屋的池塘边上，池塘里有青黑的草鱼，拽着草往水底拖，妈妈的马尾一跳一跳，像极了跃出水面的鱼。

妈妈拿个蛇皮袋，握把镰刀，招呼上我和哥哥去摘柿子。和哥哥出门得推个车子，车子是爸爸用一个滚珠和几根木头自制的简易手推车，前面坐一个人，另一个人后面拉起往前推。我和哥哥轮着推。

柿子树打理少，草齐妈妈腰高，妈妈用镰刀在前面劈出一条路，哥哥挑几根树枝和树叶在我眼前晃了晃说：“你知道吗，要是在山上想拉屎了，又没有带纸，就用树枝刮干净再用树叶擦擦。”后来我还真试了试，竹片比较好用。

妈妈上树用镰刀把挂满柿子的树枝劈下，柿子砸在草丛里，我和哥哥负责捡了放蛇皮袋里。满满一大袋的青柿子妈妈扛不动，放在我们的小推车上，我们的小推车除了玩儿，在关键时刻还能派上用场，我觉得骄傲，抬起头、昂起胸走在前面。

妈妈把柿子分成三拨。一拨用来削皮晒成柿饼，柿子晒到软塌后，涩味儿去除，一层晒老的外表包着浆浆甜甜的囊，一边晒一边吃，到柿饼晒成时也没几个。爸爸从山上收割回来的蜂蜜装在瓶子里，趁柿饼没被吃光，塞进装有蜂蜜的瓶子里做成蜂蜜柿饼。这蜂蜜柿饼妈妈宝贝得很，想吃时得张开嘴巴让妈妈检查，喉咙是不是红肿了，得红肿时才能吃上。一拨用来放在粮仓里让它慢慢熟透变软变红，粮仓是铁皮做成的，爸爸说过，老鼠的牙齿可啃不了铁皮，东西放粮仓里安全。等到想起来柿子该红透时打开粮仓一看，粮仓

妈妈拿个蛇皮袋，握把镰刀，招呼上我和哥哥去摘柿子。

里有只肥肥亮亮的老鼠，把熟透的柿子都咬了个遍。我看着爸爸，眼神疑惑地问道："老鼠是怎么进去的？"爸爸抓了抓头，其实他也想不透。一拨用来做水浸柿，妈妈找个大大的土陶盆，洗干净。拿着镰刀把院子边上的辣蓼草割了，一层草、一层柿子，撒点儿盐，倒点儿水，放个把星期捞起就能吃。

妈妈做的水浸柿又脆又甜，妈妈洗洗也不削皮，一咬一大口。吃完，妈妈吐口气说："这是你爷爷留下最值钱的东西了。"爷爷去世后，哥哥还没有出生，奶奶说要分家，爸爸是长子，柿子林归爸爸管，除了这片柿林还有爷爷治病欠下的295元的债，分家时爸爸一个月的工资才5元。

哥哥喊我："野猪，我带你去个地方。"哥哥带我来到后山的野塘，野塘是沼泽地，听奶奶说过能没进一个大人。没有人敢来，野塘里的茭白越长越多。哥哥从地上捡了根长长的木棍，蹲了下来，伸进黑黑的泥浆里在找东西。我问："哥哥，你在找什么？"他说在找柿子。哥哥偷偷地往野塘里丢了些柿子进去，记得大致方位，却找不出来了。找了好一会儿，哥哥放弃了，他有些可惜地说："泥塘里也可以做水浸柿，你要是能吃上一口，你一定会喜欢的。"

一大盆水浸柿子终于吃完了，想念脆脆甜甜的口感，不想等来年，便一个人到野塘，拿根棍子搅，想要翻出哥哥上次丢下去的柿子。茭白丛里藏有好几窝鸟，躲在长长绿绿的叶子后面“叽叽喳喳”地看我翻柿子。乌黑的淤泥冒出泡，小鸟的鸣叫声在空旷的山谷荡来荡去，头顶的白云翻动，映在水里照不出柿子。哥哥知道我嘴馋放不下野塘里的柿子，看到我出家门有些时间了，急急地过来找。“野猪，我们回去吧，等明年我们再来浸，反正我们有那么多柿子树，一定让你吃个腻。”

仲夏的稻

农村里的人嘛，靠土地吃饭。小孩子一到放暑假就帮家里割水稻。客家地区山多、地势高，都是梯田，没有机械，全靠人工。水稻收割时，我和妈妈割，先割出一小块儿地，地上铺一块儿大蛇皮布，再放上脱谷机。爸爸和哥哥脱谷粒，脚踩脱谷机踏板，前面滚，抓把水稻放上去，谷粒四处飞溅。被割的水稻剩一茬茬的稻梗，在稻梗处来回走几下，小腿处总会有几条被稻梗划长的血印子，汗一浸，又痛又痒，烦得只想快快把稻割完。比我焦虑的就是麻雀了，从水稻深处飞起，落在不远处的树上“喳喳喳”地控诉我们的粗暴和残忍。

等到中午的太阳要把人皮晒得裂开时，就把谷粒装蛇皮袋里挑回家。早上妈妈干活儿前会先去西瓜地里摘西瓜泡在山谷的泉水里，等到蛇皮袋装得满满、人胃里空空时，把西瓜捞上来，切开，躲在树下吃。爸爸不爱吃水果，吃一两块儿润润喉咙后，掏出烟袋。烟袋是用装了食盐的塑料袋剪齐口做成的，洗干净，晾干，比一般的塑料袋厚和硬。烟袋里装着打火机和烟丝烟纸，烟丝是爸爸自己切的，从舅舅家要了几片烟叶回来，拿菜刀自己细细切，烟纸是村口小店买的，两毛钱厚厚一小本，薄如蝉翼，爸爸扯出一点儿烟丝斜斜放在烟纸上，从底部的一角慢慢卷起，最后烟纸沾点儿口水，贴上去，点上火，狠狠地抽一口，火星猩红，再深深吐出来，烟团团如云，气味辛辣。爸爸抬头看天，汗掉在衣领上，整个后背都是汗，风一吹，疲惫就少了一点儿。

脱完谷粒的稻草堆在一起，夏天雨多，下几场雨淋透，再晒几天，我和哥哥就可以拿着脸盆去翻草菌。把慢慢腐烂的稻草厚厚一掀，稻草堆里一股湿乎乎、热乎乎的霉菌味儿扑了过来，有草菌躲在里面，一颗颗捡回家，洗干净，妈妈喜欢把草菌滚汤，再放勺白白亮亮的猪油。

也会有一小堆的稻草，堆得整整齐齐，那是奶奶要的，捆好挑回家，奶奶把稻草放到墙树上晾晒，稻草的清香散满整个院子，晒干后，用来铺床。

奶奶的房间呀，靠近厨房，常年不关门，厨房的烟就蹿了进来，墙壁被烟熏得黑黑的，有时爸爸妈妈有事儿不在家，我就跟奶奶一起睡，晚上临睡前奶奶总有这个那个的事儿要做，我不敢先上床，不敢一个人待着，死死跟着奶奶，抓着她的衣角。我不明白，奶奶做事儿咋这么慢啊，奶奶走路怎么这么慢啊！我的耐心一点儿点儿在减少，忍着，谁让我不敢一个人睡！终于，奶奶要去撒尿了，撒完尿意味着可以进房间睡觉了。家里没有厕所，农村的厕所在房子外面几十米外，地上挖个坑，放个大缸，两块木板左右放，一样的泥砖、黑瓦建成的矮小房子就是厕所。奶奶在杂货间放了个木桶，把尿尿在木桶里，装满大半桶时用来浇菜。我站奶奶前面，不开灯，窗外的月光映到墙壁上，不完全黑，看着奶奶脱裤子，弯下腰，接着“稀里哗啦”声，浓浓的尿氨刺鼻醒脑，小时候怕老，以为老了的人撒的尿都这么臭。害怕撒这么臭的尿。

终于躺床上了，奶奶铺的是草席，席子下面铺着厚厚的稻草，稍稍一动，席子下面就“窸窸窣窣”响，我转个身，鼻子里都是稻草香，清香舒心。闭着眼睛要求奶奶讲故事，奶奶会讲故事，虽然讲来讲去也就那几个故事，但是每次听都不一样。那一次，她说：“你知道对面那山上为啥有个房子没有住人吗？”“不知道。”“以前有个江西佬，砍树卖挣了些钱，他会做水泥，也会爆石头，他拿着火药去山上爆石头，把爆开的石头挑回来，又从山上挖黄泥，河里挑沙。农忙过后开始建房子。建了一年多，建好了一家人搬了过来住，但是那房子一到晚上，厅里就坐着一个头发胡子发白的老人家，叫他不应，喊他不动。天一亮，老人家不见了，天一黑，老人家又坐在了那里，房子住不得人，住没两天，一家人搬走，那房子就空了下来。”家对面山上那个建的方方正正的房子，有好几次，我都想过去看看，一直没有去。我想，幸好没有去啊，要是去了，会不会我被抓走？而那个男人面对自己一点儿点儿积累起来的家却不能住人会有多大的遗憾呢？忍不住往奶奶身上靠了靠，头一偏，席子下面的稻草阵阵清香，不敢乱动，闭上眼。

稻草托着我，沉醉到梦里。

稻草托着我，沉醉到梦里。

深飞的麻雀

家里的水稻收割完，谷粒倒在祖屋前的院子里，用刮子刮平，任由太阳晒。晒个三四天，太阳把谷子吃透，吸干水分，再把风车抬到院子。谷子刮成堆，用簸箕将谷子装起倒在风车里，一人转风车，一人倒谷子。风车吹出灰尘和稻叶，吐出干瘪的谷子。饱满的谷子在风车里转半圈，滑下，有箩接着。干瘪的谷子扫起装好，家里的母鸡下了蛋用罐装着，撒些干瘪谷子，抱到镇上卖，颗颗完好。

深冬时酿酒，淡黄的水酒要经火烤炙才能放得久，炙酒时，围着酒坛倒满干瘪谷子，细细烧着，缸内的酒炙得醇厚，叫娘酒。家里时常放缸红赤的娘酒，妈妈干活儿累时，倒碗酒，煎个鸡蛋，酒倒下去煮鸡蛋，吃完出点汗儿，睡一觉，起来又去忙活。

谷子一早刮平在院子里晒着，太阳还不毒，我和哥哥人手拿个蛇皮袋出门。沿山盘着的梯田种植水稻，水稻都收割完，脱去谷粒的稻草堆在一起，像刚冒出土的大蘑菇。也有把稻草尾部打个结，对半分开竖起在田里晾晒。干了，捆绑着挑回家，一个个塞在牛棚上。深冬，从棚上取个稻草放牛面前。夜晚风大，吹起瓦片，打个圈，想卷走地上零星的稻草，被牛给咬了回来。我和哥哥挑个大的稻草堆，手里袋子一丢，人冲上去。站顶上，脚下的稻草松松的，忍不住用力跳起来。

垂垂的水稻被割后，水田像剃了头，留下一寸长的稻梗。看着有点儿不习惯。最不习惯的要数麻雀了。在金黄的季节里，麻雀从水稻深处飞出，闭上眼，随意落下，总有金黄的稻田稳稳接着。麻雀躲在水稻里，打情骂俏，这样的季节，不能浪费，一窝窝学飞的小麻雀，才飞出水稻，冒了个影，又掉了下去。水稻被割，富裕自由的日子随之结束。此时的麻雀从山上飞下，落在田里，短短齐齐的稻梗藏不住它们，我的欢叫声把它们吓飞了。

我在稻草堆上跳上跳下的，哥哥不屑，喊我下去，我才不听。哥哥见喊不动我，也冲了上来，从背后把我推下，我从稻草堆上滚了下去，田里的泥不硬，不痛，马上爬起来。我准备再次冲上去，我哥抓一把稻草，对准我用力丢，稻草在半空中散掉，一根根往下掉，像没有力气的箭。我继续往上冲，我哥站稻草堆上用力跳，松散的稻草不断往下掉，企图抖掉我前进的道路，我还没被抖掉他先从堆上滑了下来。大堆稻草也倒了大半。

捡起袋子，弯着腰找谷子没有被脱干净的稻穗，发现一根，捡起来放袋子。我们把这些稻穗捡回家，倒簸箕里，用棍子敲掉谷粒，把叶子筛掉，晒干装好。这是我和哥哥的暑假作业之一。每个学生暑假得自己去田里把别人漏掉的谷子收集齐，开学时交学校，学校将其美名为勤工俭学。低年级学生每人交十斤，高年级学生每人十五斤。我和哥哥加起来要二十五斤谷子。捡稻穗是最慢的。

水稻收割时，男女分工。女人拿着镰刀割水稻，再交叉放好在禾篮里，装满后男人挑去脱粒。刚脱好的谷粒夹杂了不少稻叶，中午装袋前用耙子把叶子耙掉，叶子堆在一起。赶着回家的人没有弄干净，耙掉的叶子里混有不少谷子。我们把这堆叶子装回家，用筛子筛，能收获不少谷子。这样比较快。

我们这个山窝就那么几户人家，孩子少，水田多，按理说我们很快能收集齐二十五斤谷子。但是，我们是有对手的。你看，天来叔公戴着斗笠，拿个蛇皮袋远远地走了过来，像朵细长的蘑菇。

住祖屋的天来叔公没有种田，却养了不少鸡、鸭，一群鸡、鸭比大人还能吃，他没什么事儿，精神头儿好时，一看割稻的人挑着累累稻谷回家了，立马拿着蛇皮袋出门，把叶子堆装回来，倒院子里喂鸡、鸭。他一出门，我就紧张，担心被他装完，回屋拿个蛇皮袋跟着去。

他腿长，走路却慢。我紧紧跟着他的脚步不落下。他抱起叶子堆往袋子里装，我立马张开袋子求他也给我装点儿。叔公分了点儿给我，叫我快回家，别被太阳晒出鼻血了，我不听他的，看他要干什么。他舍不得浪费一粒米，喂鸡时，鸡抢食，把拌有米糠的饭弄得到处都是，他扫起，下一餐继续喂，可怜的鸡，从泥沙里面找饭粒吃，一口泥沙就一粒饭。

水稻黄时，稻穗弯了，风吹来，水稻似醉了，站不直，左右摇晃。若是风大点儿，雨也跟着下，有些谷穗顺势倒下，谷粒裹着泥土等不及春天发出了芽。这些发了芽的谷子天来叔公也没浪费。蹲下，找了个石头，把泥里长芽和没长芽的谷子一并刮起，捧到袋子里。

等天来叔公走近时，我和哥哥准备回家。有乌云飘到山头，担心院子里晒着的谷子。夏天的雨下得随意，说来就来，时常看着天好像要下雨了，回屋拿个袋子，走到门口时，大雨倾盆而下，把谷子淋湿。淋湿的谷子带着热气堆在房间，要是几天不晴，满袋谷子满袋芽。有一年的谷子变成这样，爸妈叹了两天气。

和哥哥赶回家，他刮，我扫；他倒，我装。谷子装好堆在一起，找块毡布盖住。晒干的谷子灰尘多，被一身汗的我们黏住，没有风，又闷又热，身上好痒。从天井的水缸瓢盆水，水又凉又清。洗脸，洗手，洗脚，等到身上爽透时走到大门口。风吹不动乌云，越聚越重，大雨正翻过山从远处赶来，天来叔公蹲在田里，像块石头。

一池月光

当我一只手就能数够年龄的时候哥哥就已经要上学了，妈妈跟爸爸说：“你带去学校让他读书吧。”爸爸骑的是黑色的凤凰牌大自行车，哥哥每周日下午跟我挥挥手，爬上爸爸自行车的后座，抱住爸爸。爸爸穿着塑料凉鞋，前面包头，编织状，爸爸用力一踩，车轮开始转，越转越快，车子越走越远，穿过竹林，轮子滚过，地上的竹叶卷起，哥哥带着小学生的骄傲，头也不回。

爸爸答应我，等我到了上学年龄，自行车的后座就给我坐，一样载着我去学校。去学校的那个下午，我老实在家，跟这个山头、那个山头挥挥手：“我去上学啦，暂且不爬你们，改爬自行车啦。”走到自行车后座准备上去，被爸爸抱住把我往前杠上一放，教我屁股斜放，两手抓住车头，跟坐树上一样稳稳坐好。山间的路真是颠簸啊，后座上哥哥的屁股应该比我的好受吧？

路上能遇到三三两两地背着书包走路去上学的学生。

每个村子都有小学，有的村子小，学生少，到了四年级就到肥田小学，或者镇中心小学就读。住宿的都是四五六年级的学生，家里住得偏，每周日带米、带菜到学校，周五回家。学校有煮饭阿姨会帮忙煮，早上进教室前，抓一把米放饭盆，洗干净，放好水，整齐摆放在厨房的桌子上，饭盆自己做好标记，中午放学时找到自己的饭盆，端回宿舍吃。

学校没有新鲜菜卖，菜通常得带够一周的量，主要是榨菜、咸菜炒肉、咸鸭蛋、炒萝卜干。容易坏的菜一般都在周一或周二吃完。菜每天都是一样，但是争着抢着跑去饭堂的速度从来没有减退。

我和哥哥不用带菜，跟着爸爸吃，最常吃的就是肉饼饭，肥瘦相间的肉剁烂，平铺碗底，一人一份。端着饭盆来到女生宿舍，跟女生一起蹲墙角排过去。脚边总有蚂蚁经过，夹点儿饭丢地上，蚂蚁排成长龙把米饭一粒粒搬走，远远地看像条黑色的线，穿着一粒米。

爸爸好忙，即使在学校也没有多少时间陪我们。妈妈做着生意，放学后爸爸就去帮妈妈收摊。

我也好忙。住宿的学生放学后不可外出，夕阳散发着金色的光芒，我坐在双杠上，两腿垂下，观察着有没有老师，观察到四周没有老师时，迅速从双杠上跳下，跑到围墙下，围墙不高，是用大块石头堆砌的，石头与石头间有着大大的空隙，放得下脚掌尖和半个手掌。爬上去，坐在墙头，双手反撑往下跳，快快跑到菜地，菜地正对着学校的饭厅，菜地边上种了棵桑葚树，我踮起脚拉下树枝，摘下嫩叶，放兜里，再快速地沿路返回，跑回房间，找到床底下的鞋盒，那里养着蚕。我把桑叶擦擦放了进去。蚕宝宝们很快发现了新粮食，爬了上去开啃，幸福啊，它们很快会长粗变长，结茧，破蛹成飞蛾，交配产卵。常爬墙头，难免被逮到。摘到桑叶打算原路返回，刚爬上墙头，看到校长就在那边的围墙下，背着手看着我，我硬着头皮当着他面跳下，自动自觉地来到他跟前。他不会为难我，只说下次不可以了。“好。”我乖乖答完快速跑来，第二天依然如故，不然，我的蚕宝宝们吃什么?

给蚕宝宝们喂完桑叶，听到楼下“嘀咯嘀咯”的乒乓球掉水泥台面又被球拍击中的声音，赶紧穿上拖鞋跑下去。哥哥在身后喊：“你还没有洗澡啊，跑哪里去？”哥哥平时不管我，就唯独洗澡这事儿每天盯着我，他说：“你不洗澡，不要在我床上爬来爬去。”跑远了，我听不见。打乒乓球的都是男生，个子还小，高年级的男生不要我参加，但禁不住我哀求，同意我打，但是得先帮他们捡乒乓球，小小黄黄的乒乓球最难捡，掉地上跳来跳去，滚得也快。轮到我玩时，开球过去，被杀球回来，捡球的还是我。一身臭汗，热气腾腾，跑回宿舍，拿着手帕和衣服赶紧去洗澡。

锅里有热水，煮饭烧水的阿姨是校长的老婆金莲阿姨，眼睛很好看，不笑时眼睛都带笑，帮我舀热水到桶里，加冷水，试试水温后帮我拎去浴室。学校后面是山，鸟声寂寂，叫得夜又空又长。我洗澡飞快，倒一半洗一半，身上还没怎么湿已经洗完了，把脏衣服往桶里一塞留给爸爸洗，两手捂住耳朵快快跑。回宿舍得经过一条长长的走廊，晚自习教室在宿舍隔壁，大家都去晚自习了，没有人，灯光昏暗，空空黑黑的教室吃进我的脚步声，又吐出来。

爸爸宿舍有书桌，我和哥哥可以不用去晚自习。人多热闹，我选择晚自习。教室里两条灯管亮着，四处藏着蟋蟀，时不时叫一下又不被人发现。不爱学习的学生形成了统一习惯，坐教室的最后面，我屁颠屁颠地跟着坐。学校老鼠多，坐后面的学生有双敏锐的眼睛，刚长齐毛不小心走错路的老鼠很快被他们给发现，抓住，浑身涂满墨水，突然放女生桌上，女生也没有怕的，捏起老鼠丢回去。

坐后面的男生屁股似长了刺，坐不住，刚尿完又说要拉屎。厕所在校外，得绕，还得找校长开门，为了外出也不怕被说。男生得到许可，回来问有谁要一起去？我站了起来跟着去，后面有人在笑话说："女生陪男生上厕所，不是老婆就是妈。"我也不理。出了校门，空气新鲜好多啊，四下青蛙和虫子也不嫌累，一声高过一声，学校附近的村民还没有睡，窗台透出昏黄的光。远处传来狗吠声，萤火虫在月光下飞舞，抓一个放手里，还没看清它屁股就飞走了。我们没有手电筒，就着月光走。到了厕所，男生进去，我在门口等他，厕所有一个灯泡，有长长的电线吊着，许许多多的小飞虫追着光飞。味道不好闻，想躲远点儿，想到往上走就是山，山里有新起的坟，还是不去了吧。冲厕所得拿着长柄的瓢去村民的鱼塘里舀水，月光照在池塘里水光荡漾，瓢一舀，搅了一池月光。

姐姐们

学校花池里种着麦冬草，长长绿绿、浓浓密密，扒开，根部藏着小蜗牛，圆圆的，细细长长的，我把蜗牛都捡起来放一起，跟我同村的姐姐走了过来，一起捡，她说："我家里有个妹妹跟你一样大。"我看着她，短短的头发，笑起来一对深酒窝，真美啊。我说我不敢一个人睡，她说："你来宿舍跟我睡。"我立马点头答应。

爸爸把宿舍隔成里外两间，各放一张床。我睡里间，哥哥睡外间。怕黑，怕有"鬼"，我不敢一个人睡。拿着枕头赖在哥哥床上，以前他也就说我几句，任我躺。现在，我一躺，他用脚踹。我被他彻底赶下了床。

以前也被赶下床，但总能再爬上去。以前他嫌弃我会尿床，我说我没有，他一摸席子手掌张开在我面前左右摆摆给我看说：“你看，这是尿！”我压力好大。好几次半夜醒来发现自己尿床了，我不敢告诉他，自己悄悄地趁他睡着了往上挪位置，用脚把尿涂散涂开，再换个位置继续睡，天亮起床时，尿也干了。现在我不尿床了，却因跟爸爸告状他晚上偷看小说很晚都不睡，彻底惹恼了他，断了我睡他床的后路。

我抱着枕头，爬上了酒窝姐姐的床。她对我很照顾，睡觉时帮我盖好被子，任我抱她、捏她、掐她。有姐姐在，妖魔鬼怪来了都不怕，眼睛一闭，躲姐姐身旁，还有啥可怕的！有姐姐真好，若是可以把哥哥送出去换个姐姐回来多好。

周五晚上，酒窝姐姐回家了，学校里一般住校的有校长一家四口和我跟哥哥，校长的大女儿叫冯蓉，我读学前班的时候她读初一，小的儿子叫冯海峰，比哥哥小两岁。校长我是怕的，上次暑假我正捏着泡过的茶叶在墙壁上写字，墙壁上写着同桌名字，一笔一画写得很认真，我觉得我具有当老师的潜力，正沉醉着，被校长抓去三缺一顶上。学麻将的速度很快，校长问我：“怎么学打麻将学得这么快，十内的加减乘除运算考试却只能考个二十七分？”我怎么可能知道？我不敢回他，用力洗着牌，麻将和麻将碰撞发出清脆声有力又响亮。而冯蓉姐姐我很喜欢。周五的下午，住宿的学生走完了，煮饭的金莲阿姨开始煮晚饭，烟直入云霄的时候，冯蓉姐骑着凤凰牌的大自行车回来了，校门窄，下车进，进了校门跨上自行车，阳光刚好落在她身上，随着她移动，到了教学楼前再跳下来，冯蓉姐皮肤白，面团团般，留着娃娃头，笑盈盈的眼睛，像极了一个瓷娃娃，让人看了心生欢喜。我在教学楼的二楼等着她，只要她一进校门，我立马跑下来接她，她跳下自行车，我走上前去跟在她后面帮她推着自行车。一高一矮、一大一小的身影映在墙壁上越拉越长。

周五的晚上，我跟冯蓉姐睡。冯蓉姐晚上也要看小说，她看的小说都是外面租回来的，厚厚的一大本，她看书的时候极认真，我认识的字不多，书上那密密麻麻比小蝌蚪还小的字实在无趣，让人闷得慌，我抱着她的脖子闹她给我讲故事，看书的人最扫兴的就是看到精彩处被人打断，冯蓉姐被我一遍遍闹着，也不生气，总说：“好，就来了。”实在拿我没办法的时候，就让我出去门外花池摘一片薄荷叶，撩起后背的衣服，让我用薄荷叶给她擦痱子。她的后背，光滑又白嫩，根本没有痱子，但是她说："姐姐背上好痒啊，肯定要长痱子了，你帮我用薄荷叶擦擦吧。"为了姐姐的后背不长痱子，我有着非常艰巨的任务，静下来细细帮她一遍遍擦，擦后再吹吹。

冯蓉姐的书很厚，薄荷叶都摘光了，姐姐的书还没有看完。一只大甲壳虫从外面横冲直撞掉到地板上的声音吸引了我，是只独角仙，一支长长的觭角举在头上，像把武器，决斗时随时可以进攻。把独角仙捡起来，拿出冯蓉姐床底下的脸盆，装点儿水，把独角仙放进去泡着，给它洗澡。床上有冯蓉姐换下的衣服，平铺床上，把独角戏捞起来放铺好的衣服上，包住，只让它露出犄角。抱着它，用我所有的爱哄它睡觉，亮黄灯泡下的冯蓉姐认真看着书，闭着眼睛听她翻阅书页的声音，想要看看我怀里的独角仙睡着没有，却掀不起沉沉的眼皮，门外的薄荷看着窗户上映出的光忘了生长。

河道的秘密

我已经六岁了，妈妈越来越忙，赶集摆地摊卖衣服，除了赶镇上一、四、七的集，也赶邻镇三、六、九和二、五、八的集，在家的时间越来越少。爸爸也跟着忙起来，除了在学校任教，放学就去帮妈妈收摊，接妈妈回家。为了方便，寒暑假，我和哥哥住在学校爸爸的宿舍里，而学校有留校的校长一家，会帮忙照看着我和哥哥。爸爸可能觉得他们能更好地照顾我们，跟我打了声招呼就骑着自行车走了。自行车轮子圆滚滚的，爸爸用力一踩，就骨碌碌地转，一下子车子就骑远了，甚至来不及听我说，其实我不想留下来。

学校建在206国道边上，学校附近有几座瓦房，围着瓦房的是水田。国道那边下去有条河，河岸上是柳树和竹子。夏天的雨，是肥料，一场雨下来，泥土里的种子长新芽，路边的草长一节，水田里葱郁的水稻，眨一眨眼，就抽了穗。学校的大门总关着，怕人外人进来，也担心我们小孩子出去玩儿。哥哥是不让人担心的，给他一本书，他能在房间里窝几天不出来；我可待不住，门关上也没有用，我还会爬墙。围墙不高，搬几块砖头垫上就翻过去了。

趁着校长他们午睡了，我又翻墙走了。

沿着国道走，马路上有辆拖拉机“突突突”地驶过。司机带着草帽，跟着拖拉机的节奏“突突突”地抖动着，机头冒出黑烟，在太阳下缓缓飘散。拖拉机我坐过。有次在家里时，爸、妈吵架，因爸爸把家里的小猪卖了，妈妈交代过他：“小猪不能卖，多养几个月再卖，刚好够儿子开学的学费。”那天杀猪的不知道怎么就说服了爸爸，爸爸把小猪一并卖给了他。妈妈从地里回来，气得一阵骂。妈妈是这样的，不听她话，就要挨骂，一切要在她的掌握之中。妈妈拉上我回了娘家，姐姐和哥哥留在家里。走在路上，遇到开拖拉机的本村人，捎带上了我们。拖拉机可真抖哇，一坐上去，屁股下跟有弹簧似的，抖动个不停。妈妈要跟司机说话，也是扯开了嗓门，风把他们说的话都吹散了。

拖拉机“突突突”地走远了，我也不知道去哪里。国道上的沥青被太阳晒软了，脚踩上去，又软又烫。知了“滋啦滋啦”地叫着，嗓子好似也要冒烟了，路边的小卖部的店长坐在椅子上，脚架在桌子上，打着瞌睡，头顶的小风扇上系着两条长的红塑料绳，绳子转动，可以赶苍蝇。比拖拉机大气沉稳的是疾驰而过的东风大货车，绿色的漆，转动飞快的轮胎，像只巨大的甲虫，听得到翅膀扇动的声音却不叫一声。若这辆东风车驶进外婆的村子，家在路两边的小孩，又都会跑出来，惊喜得“哇哇”大叫，手脚一阵舞动，使劲儿鼓掌、使劲儿挥，追着车，奔跑在货车快速行驶车轮卷起的尘土里，努力跟着，直到车拐走看不见。

可我现在也不能去外婆家，外婆家太远了，还得走山路，要是在山上遇到个拐子，那我可就不知道会被卖去哪里。

国道边的河里有人在挖沙，用铁铲将河沙铲到岸边，晒个把日子用簸箕将沙挑去买，一拖拉机的沙十块钱。国道上，一个行走的人也没有，这个时候，要是宝月还在，就连宝月，都不会出来吧。宝月是肥田村有名的疯子，宝月原本不疯，还是个读书成绩很好的学生，读完小学六年级，家里没有钱让他读初中，不让他继续读，他就疯了。有人说他迟早都是要疯的，他的妈妈、他的姐姐都是疯的，他怎么可能逃得掉要疯的命运？宝月疯掉的那个夏天，他爸爸带着他弟弟来上学了，他爸爸牵着他弟弟的手从校门进来，远远看着他们两个都像是白胖的冬瓜。宝月的弟弟不爱读书，上了一个学期，上课不是发呆就是睡觉，每天上学都是他爸爸送他来，放学接他回家。听同学说，宝月的爸爸最疼的就是这个最小的儿子，有吃的都让着他先吃。疯掉了的宝月经常往学校跑，在校园里跑着、笑着、骂着，有时站在教室门外认真地听着。我们看到宝月进学校里来的时候都会站在教室门口围观，胆小的女生叫着，大家吵吵闹闹，搞到上课都不得安宁。没多久，上课时校长就把校门给关了，这样宝月就不会跑进来，放学的时候再打开，我们心里反而觉得有些失落，上学就少了一件好玩儿的事儿。

宝月疯得越来越厉害，开始的时候还会捡些报纸看，坐在别人的拖拉机驾驶位置拿着报纸看，一边哭一边大叫，后来不穿衣服没日没夜地走，睡在马路上，捡垃圾堆里的东西吃。但是走不了多远就会被他妈妈韩五妹找到，韩五妹给他剪头发，捡来的衣服让他穿，留几口饭等他吃，下雨天牵着他带他回家，跟别人提起宝月，韩五妹总会抹着眼泪说："我的儿子啊，这么听话的，好端端的一个人就成这样了。"都说韩五妹疯过，我没有见过。她在路上捡废品，若是有好吃的，给她分一点儿，她会道谢。见了人，远远地微笑着打招呼，有时候，她比没疯过的人还正常。这个时候宝月不会出来了，以后的这个时候宝月也不会出来了。宝月在一个下大雨的日子里，下河，被汹涌的河水冲走了。宝月的尸体被发现后，是韩五妹把他背回家的，给他盖了一张席子埋了。

我想去看看冲走宝月的河，想看看河里有什么秘密，能将宝月卷走再也回不来。冲走宝月的河并不深，趁着没人看着，我下了河。河里空气清新腐朽，太阳照下河面上，是白茫茫的一样，灿烂如星闪。河水清凉，俯身看着河底，看得到天上疾走的云。站着不动，河里的小鱼也就不以为你是人，静静地停在水里，像一颗颗石头。河沙细绵，脚踩在河里，痒痒的。河岸的草地上还躺着上次大暴雨时河水上涨冲刷下来的大大小小的石头。我走了上去，蹲在河岸扒拉石头。地上有许多水晶石，光滑的四面，纯粹的内质，尖尖的顶，像城堡，对准太阳，折射出五彩的光芒。地上还有碎的陶瓷片，青的陶瓷，简单的笔墨线条，不知道这些瓷片是什么物件，是什么时候的，又因为什么而碎掉了，是像爸妈一样，争吵时摔掉了一个碗，还是家里遭了灾，放书桌上的花瓶被摔碎，值钱的东西被翻走？瓷片被丢，从一个家里来到这河里，或许从很远的家里来，或者就是这村子里的人家，在某个清晨，拎着衣服来河里清洗时，顺道丢了，那些个日子也一并丢到了河里。就像我，因大人的忙碌而被丢在了这里。

河水一如既往地奔腾往前，我将瓷片丢河里打水漂，瓷片打在水面上，水面开出水花，瓷片弹跳开，落在不远处的水面上又一个水花开。一阵清凉的河风吹过，河里的阳光摇动起来，我好像发现河里深藏着许多的秘密，那些有关被遗忘和丢弃的秘密，这些秘密在阳光下摇动，穿过树枝和草隙，消失得无影无踪。

赶集

每逢日子的一、四、七，就是赶集的日子。村民将家里盈余的农作物挑到集市卖，也计算下家里短缺啥，在赶集这天都买上。赶集的日子都是好日子，妈妈要去集市摆地摊卖衣服。我挑个是自己镇赶集的日子，早早起床，死死跟着妈妈，闹着要去，她不忍心让我伤心，没有别的办法，只好带我去。

爸爸妈妈各有一辆凤凰牌自行车，爸爸的是黑色的大双杠，妈妈的是粉红色二十四寸斜杠。我坐在爸爸的自行车后座上，爸爸车技好，用力踩踏，车子穿梭在黄色硬实的黄泥路上，爸爸妈妈像两尾鱼，一条红色的大草鱼，一条鲜红的鲤鱼，游荡在山的深水里。

到了镇街上，赶集的人还没到，都是摆摊卖东西的人，妈妈的摊位在凉亭。凉亭是镇政府建的，凉亭下有水泥砌成的台面，长四米，宽一米多，一个台面分成两个摊位，每人一半。摊位是固定的，每年有两次抽签的机会，抽到几号台面，这半年就摆那个台面，据说台面越靠前生意就越好，凉亭有两个，右边的凉亭靠近街道的是专门用来摆摊卖衣服的，有二十个摊位，而有七八个空余的，附近的小孩子爱躲在台面下玩躲猫猫，或者在台面、台下追逐嬉闹。左边的凉亭下摆的是卖猪肉、牛肉的，一样有二十个摊位，也有空余的摊位，平时那些疯子不回家，就躺在那里，还有赶集喝醉了酒的男人也胡乱睡在那里。

爸爸、妈妈忙着要在赶集的人到之前将衣服摆出来，没空儿看着我。我早就熟悉周围的环境啦，凉亭最里边有个早餐店，是一对老夫妻开的，买两三块钱的猪肝瘦肉交给他们，补一块钱，他们就会帮你煮碗瘦肉米粉。他们煮出来的瘦肉米粉比妈妈做的好吃，鲜甜的汤，米丝上挂着青翠的葱花和辛香的胡椒，一口塞嘴里，早上的迷蒙都消散了。

人开始多的时候，往街上走，这条街上，开店的老板都认识我，我沿着店铺走，我想好了，要是有坏人，我就往店里跑，店里的老板不会不救的。

街上摆摊卖什么的都有，最好看的要数阉鸡了，小公鸡刚有了公鸡的模样，就被拢了过来，翅膀交叉住，两爪被脚踩住，在翅膀下一点儿的位置，拔去一点点毛，小刀划开，铜线圈伸进去，然后拉一头，鸡睾丸就断了，用夹子夹出来。最后给鸡喂一粒土霉素，翅膀放好，松开爪子，鸡又放回笼子里。被阉的小公鸡，怎么长也没有公鸡的气势了，要知道我家里的那只公鸡多么有气派，看中了的母鸡，哪个公鸡都不能靠近，稍微靠近，就用锋利坚硬的鸡喙张嘴就啄，重的时候就啄掉一小块儿肉，谁见了都怕它。可怜的这些小公鸡，生是公鸡，却不能拥有公鸡的威风。

暖阳下

两辆凤凰牌自行车被偷后，妈妈卖衣服收摊后从镇上往家里赶只能走路，得花一个半小时。这不是长久之计，为了方便，暑假爸爸在镇上租了个房子。于是，我们家搬到了小镇租的房子里。

房子租在镇政府大门口的右边。从镇政府大门往前走十几米就是集市的大街。房子原本是房东用来放杂物的仓库，门前有条半米宽的水沟，一块儿木板搭在门槛和路中间。从矮小的门进去，一条阴暗的过道从门口穿到厨房，过道的左边用尼龙布料与房东的住屋隔开。隔音差。房东他们开了一家早餐店，卖的是饺子、面条和米粉。房东的老婆国字脸，皮肤白，头发短，嗓门大。房东两公婆常吵架。我怕从阴暗的过道上走，但是，只要他们一吵架，声大如雷滚，给我壮了胆，我一点儿也不怕。我时常希望他们多吵架。

我和哥哥最喜欢坐在门槛上，能看得到街上来往的人不说，还能享受到明亮的阳光。

一个春日的午后，哥哥说：“野猪，我教你打扑克牌吧。”

哥哥总是这样，告诉我什么东西很好玩儿，教会了我就要一遍遍地陪他玩儿。上一次他教我“游击战”，给我一把用纸折叠成的枪，让我找他，看谁先打中对方谁就赢了。他还叫来林晓霞的姐姐一起玩儿。林晓霞是林婆婆的孙女，林婆婆是街上卖包子的。我扮演敌务的角色，他和林晓霞扮演红军的角色。他说：“谁演坏人谁来找。”哥哥说完就跑，他们躲了起来。他们躲在黑黑的角落里，都是我害怕的地方。

哥哥背对门就地而坐，让我和他面对面，一副牌分散成三堆，任意选一堆，按照从小到大的顺序排好。屋里阴暗，春天的太阳照不进来，还残留有冬天冰冷的气息，我穿着红色的厚运动套装却感到身背后阵阵发冷。哥哥白皙的脸上挂满认真，他身后的阳光正亮，天也很蓝，像一面干净的蓝镜子。真想跑出去看看，这个时候真适合跑，穿过街道，过条河就是一大片的田野。在田野里，闻得到空气中荡着泥土的腥和刚冒土的绿芽清香翠嫩的气味。这气味儿，嫩生生的，嫩生得就好似绿芽掐出的汁儿。

我的心已经迈出步子了，我迫不及待地想要出门。我要迎着风奔跑，跑去田野，跑往草地，顺势一躺，就看到大朵大朵的云，像棉花糖，蓬蓬松松，软软绵绵。那样自由快乐的感觉，就在一阵风、一朵花、一棵树里。这样的自由快乐不要，却要在这阴凉的屋里陪哥哥打牌，打牌就打牌，却总是我输，一点儿意思也没有。“都说了二比三大啦。”哥哥不耐烦地再次提醒我。“都说了我不学了，你又要我学。”我不满地回他。“那你以后不要跟我玩儿了。”哥哥说得斩钉截铁。

不玩儿就不玩儿。我心里嘀咕着，却不敢说出口。上一次哥哥带我上山摘野果，他说有个地方的野果最甜、最多汁，但是那里比较多坟墓，我会怕。哥哥交代我不要走，在原地等他，他摘回来给我吃。哥哥说完话岔进一条小道走了。看着哥哥越走越远的身影，我决定以后好好听他话。留在原地的我看到枝条上那些小小的芽风一吹就会“噼里啪啦”裂开，鲜红的映山红摘下一朵放嘴里嚼，酸酸涩涩，老树下的青苔最厚，一按，有浅浅的水渗出。坐在毛茸茸的草地上，一直坐到哥哥回来时，衣服上，手上都是山林的温润清甜和阳光的温热，唇齿间还有映山红的清香。

想到田野和山林，我真的是很想跑出去。我属马，有时候，我做错了事情，妈妈会说我是匹野马。没错，我就是匹野马，在田野里奔跑的马，把一切都甩在身后，只为不断去迎接前方的绿的马。

我忍耐住性子，把手里的牌认真再看一遍。在输了一次又一次想掀牌不玩儿了时，看到门外有人走了进来。“你们妈妈在家吗？”问话的是跟妈妈一起摆地摊卖衣服的小青阿姨，我见过她几次，她左边脸颊有一个浅浅的酒窝，说话和大笑时酒窝一会儿有，一会儿没有，看到她总忍不住想走上前去看她脸上的酒窝这个时候是有了还是没有。“妈妈不在，去外婆家了。”哥哥转过身礼貌地回答。“好，那我们下次再来。”小青阿姨侧头低下笑着说。我顺着她的目光才看到跟他并排站着的是跟我差不多年龄的男孩子，我想这是他儿子吧。男孩子看着我，我看着他，他的眼睛黑黑的、深深的，像井，忍不住再看，看他眼睛里究竟有什么。“倏”

地他的眼睛微微地含了一下，似有光，他扬起笑脸，比春天的太阳还亮。我的心“咚”地掉到他眼睛的井里，脚一软，时间停住，我呆在了那里。

春天的太阳够亮，打在我身上。看到了我红色运动服上弄脏的星星点点，有吃东西时掉在身上印下的油渍，有鼻涕流下擦过的痕迹，还有随地而坐沾上的泥土；看到了我爬树时划伤的腿；不肯剪的指甲里藏满黑黑的泥；阳光照到我脸上，我的脸烫得跟烧红的炭一样。我紧张得立马转身躲进屋里。背抵住门，心“扑通扑通”地跳着，像数不清的小石头丢进湖里。双手交叉按住心口，那里激荡着一股股的痒痒麻麻，如风拂过，尖尖嫩嫩的小绿芽冒出泥土。我想我完了，春风把大地拂上了绿，也把我的心拂弄乱了。

西瓜灯

你若问我有多爱西瓜，我会告诉你，我呀，恨不得一张嘴就把对面山上种着的那些西瓜全部吞下。

西瓜种在家对面的那片山上。山上有几十棵柿子树，听奶奶说是爷爷在世时种的。柿子树下种着西瓜。

起初种的都是那种圆圆滚滚、个头儿大，绿皮虎纹的大西瓜，爸妈种西瓜原本是希望在炎炎夏日收割水稻的时候吃，而这大西瓜总在水稻收割完才能红透。最炎热的日子里，西瓜躺在干鲁草里，挺着大肚皮看树枝里漏进来的闪闪阳光，一点儿也听不到我们将冒火的喉咙里“咂吧咂吧”出清凉多汁的渴望，总是慢慢悠悠的。每当爸妈从地里直起弯了半天的腰时，擦擦满脸的热汗，望着不远处的西瓜地说：

“这个时候要是来个西瓜就好了。”真是觉得，最炎热的日子里，那些未熟的西瓜最无情。等到那些无情的西瓜熟透了，爸妈从地里收工回来，顺便去柿子山上摘一个回来。妈妈扛着锄禾，锄禾上绑着一捆驱蚊草，爸爸抱着大西瓜跟在她身后。

回到家，爸爸把西瓜洗干净，放在天井里的水缸里。水缸里的水是从山上引流下来的天然的泉水，很是清凉。我守在水缸边，时不时摸摸，这光滑的西瓜摸上手有凉凉的感觉时，我就等不及地告诉爸妈：“西瓜凉了，凉了，可以吃啦。”他们总是不着急，说：“西瓜里面还没有凉透呢，地里晒了一天的西瓜，里面要凉透没那么快呢。”看着西瓜挺着大肚皮在水缸里沉沉浮浮，满肚子的慢慢悠悠，真的是气死我了。我想，等晚上可以吃了的时候，我一定狠狠地吃掉它。晚上一家人吃完饭，我搬凳子，哥哥搬桌子，爸爸在院子里点燃妈妈砍回来的艾草和布惊树，驱蚊。爸爸把大西瓜放在桌子上，一刀切下去，西瓜清清脆脆的半自动爆开，西瓜从皮凉到里头。

夜空中星星闪闪发亮，四周一片漆黑。远处的深山不时传来几声鸟声，空气中是浓浓的艾草香味儿。月光洒在竹林溶溶流动，身后那两盏挂在屋檐下的灯泡昏黄亮着，灯光和月光相呼应，咬一口西瓜，清甜的汁儿香润一身，此时，人间和天际分不出你我。

当村里开始种叫“黑美人”的西瓜品种时，妈妈也买了好些“黑美人”种子。“黑美人”个头儿小些，表皮绿得有些发黑，产量高，重要的是熟得早。早上去地里干活儿时，摘一颗抱去，有泉水的地方藏在泉水里，没有泉水的地方藏在草丛里。太阳滚烫的时候，把凉凉的“黑美人”一刀切开，简直是把大半个儿太阳也切了。

当堂姐、堂哥们从县城回到奶奶家，我特意带他们去看房间里堆着的西瓜，看他们发出惊奇感叹，我心里很是得意：“我的爸妈多能干，能种出这么多西瓜。”

过了两天，堂姐说晚上做西瓜灯吧，提着西瓜灯我们去上屋的堂大伯家——堂大伯是天来叔公的大儿子。想想大晚上的，四周没有人家，得绕过大池塘去堂大伯家，这得多么刺激啊，带了些探险的味道，大家都很兴奋，一致说好。

白天准备好蜡烛、绳子和小木棍。一吃完晚饭，堂姐他们赶紧去挑了个心仪的西瓜，对半切，他们吃一半，剩下的一半是我和哥哥还有奶奶的。奶奶摇着蒲扇回屋去了，我和

我们兄弟姐妹五人，每人手里提着西瓜灯出发啦。

哥哥面面相觑，实在没什么胃口。但是有西瓜灯的诱惑，我和哥哥还是决定吃，于是吃一口、扔几口。我们把西瓜吃完后，用勺子把里面的肉囊都挖干净了，用刀在西瓜皮上划出好几个三角形的洞：上面东西南北各一个洞，用来穿绳子，下面零散布局着八个洞，透光出来。绳子穿过挖好的洞，把木棍一头绑好，再放进蜡烛，用小棒签穿过西瓜皮再穿过蜡烛固定住，点根火柴把蜡烛点亮了，西瓜灯就算是做好了。我们兄弟姐妹五人，每人手里提着西瓜灯出发啦。

去大堂伯家，得绕过那棵百年的大松树，爬个小斜坡，往左走在池塘边上的小路上。出了奶奶家门，周围就没有别的房子了，四周一片漆黑的，山上不时有小鸟叫上几声，空荡，寂静。我们提着西瓜灯既兴奋又害怕，之前常听同学说山里是最常闹鬼的，也听说夜晚会有僵尸从坟墓里跳出来，从山的那边一跳一跳的，遇到了人就会跳过来吸人的血，人被僵尸咬了之后也会变僵尸。我们都怕得很，除了哥哥，他不害怕，打头阵。

夜晚有风，我们不敢走快，怕走得急了蜡烛灭了，小心翼翼的，哥哥和三哥勾搭着肩膀走前面，我们三姐妹手牵着手走后面。走到池塘岸边，二姐说：“我们一起大声叫大伯，让他出来接我们。”于是，我们鼓足了劲儿，一、二、三，大喊：“大伯！”

堂大伯看到我们五个人都提着西瓜灯就这么走了上来，很是惊喜。他一个个看完我们的西瓜灯，一个个夸奖过来，哥哥就说该下去了，不早了，大伯他们要睡觉了。大伯问要不要送我们下去，我们一齐摆手，我们有西瓜灯就够了！要是他送我们回去，岂不是显示不出我们西瓜灯的厉害之处？

回来的路上轻松很多，没有来时那么紧张，大家说的话也轻松了。哥哥说：“我们这里哪里有鬼啊？怎么可能会有鬼呢！就算有鬼我也会保护你的。”我心里莫名地对他产生那么一点点敬佩之心，开始后悔，我常叫妈妈生个姐姐，或者把哥哥跟别人家换个姐姐回来，是不是有点儿对不起他。我们叫他不要提“鬼”这个字，哥哥说：“你们要练练胆子啦！”练胆子嘛，多简单，不就是抬头看看星星，不要去想鬼的事儿嘛。

此时满天的星星像泼水时溅出的水珠给蹦上了天，一大片一大片密密麻麻粘在夜空中，要是星星里面都住着人，是不是也像我这样望着他们一样望着我们？哥哥突然不走了，我们停了下来，他转过身，望着我们的后面，突然尖叫：

“看，你们身后有鬼。”什么？有鬼！我们吓得拔腿就跑，顾不得大半夜的看不清路面，顾不得西瓜皮里的蜡烛，一边叫着一边跑回家。声音之大，差不多要把天上的星星震落大半。

百花仙子的夜

傍晚刚放学，跑到宿舍就听到爸妈争吵的声音。“我都说了不要抽中最后面的摊位，后面都没有人来买衣服的，你偏偏就抽到。”妈妈气得咬牙切齿。她属虎，生气的时候，那风雨欲来的气势如老虎下山。“那我也不是故意的啊，抽到什么就是什么，我也不知道那个纸条是位置最差的啊。”爸爸无奈地说道，垂头丧气的，像外婆家喘息的老狗。“哼，你有什么？跟了你真的是倒霉。”妈妈越想越生气，把她的衣服收了用力地塞包里，拎起，转身“蹬蹬”地走出爸爸的宿舍。爸爸赶紧上前去拉她，妈妈用力一甩，甩开爸爸的手，爸爸默默地跟在她后面，两个人消失在楼梯处。我趴在阳台上，很快看到爸爸骑着摩托车载着妈妈驶出教学楼，夕阳照在他们身上，他们像飞行的鸟，迎着风，快速飞翔，把两边的树木、水田、村庄和我，远远地抛在了后面。

他们忘了我。

宿舍的垃圾桶里还装着早上爸爸吃水煮蛋剥掉的壳。早上妈妈特意早起，用开水壶给爸爸煮了两枚鸡蛋，一脸的温柔，笑意盈盈地看着爸爸，把两枚鸡蛋递给他，体贴地说：“吃下这两枚鸡蛋吧，吃了运气好，抽中最好的位置。”爸爸脸上扬着兴奋和莫名的自信，像极了出征的战士。我跟这鸡蛋壳有什么区别呢？妈妈高兴时把我捧手里一会儿，不高兴时，就把我抛下了。

沿着墙根走就能发现不知名的甲虫，深绿色闪着金光的壳，静静地趴在倾斜的树影里。那是楼前高大繁密的香樟树，树上结满了小小的果实，果实有青有黑。青的如铃铛一个个地挂满树，紫黑色的“啪嗒”掉地上，落地就裂开，紫黑色的浆液迸出，空气弥漫着香樟树特殊的气味儿和果实腐败的味道。有苍蝇“嗡嗡”飞着，我流着汗的头发散发出阵阵酸臭味儿，苍蝇高兴地欢呼着，如飞机般升空又降落。世界好似只剩我一人，连风都忘了吹。

“燕燕，下来吃饭啦。”菊秀老师端着饭盆站在香樟树下喊我。住校的老师除了校长一家，还有菊秀老师。菊秀老师的宿舍在爸爸宿舍的楼下，妈妈吵架时的歇斯底里，她在楼下肯定听到了，她很少喊我一起去吃饭的。菊秀老师五十岁左右，白白胖胖，笑起来眼睛眯眯的。她喊人时总是眯眯笑着，甜甜叫着；生气时跺两下脚，饱满鼓胀的胸脯抖了抖，嘟着嘴低头看着你。今晚站在香樟树下的她，笑着像轮满月。

我跟着她走到学校厨房，厨房往左是教师饭厅，往右是浴室。正是吃饭时间，寄宿的学生端着饭盆蹲在宿舍门口，菜是家里带来的咸菜、鸭蛋，或者是买来的榨菜和腐乳，每天吃的菜都是一样的，可他们埋着头吃饭的那股劲头总让人想上前看看碗里是不是变出了有别的菜。吃饭快的学生已经站在厨房的清水槽前开始清洗筷子和饭盆。浴室里还有几个正在洗澡的学生，他们从厨房的大灶台上用瓢舀热水到自己的洗澡桶里，再从厨房正中的大水池里舀冷水兑温，而后将满满的一桶水慢慢拎进浴室。不用担心他们拎不动，农村孩子力气是从土地里长出来的。厨房里弥漫着热烘烘的气味，坐在潮湿阴暗的教师饭厅的我像灶台上放着的那个红色的塑料瓢，被这股热气腾腾冲得想要流泪。

菊秀老师从搪瓷盆里夹了两块儿厚厚的鸭肉给我。酥咸香甜的鸭肉是我的爱。低下头张开嘴巴就咬，看我大口吃，她高兴地说这鸭肉是她从家里带来的，她的家里有一口井，井口边清凉，鸭子蒸熟后，就挂在井边吊干。剁成四大块儿，锅里倒点油抹匀，鸭肉一块儿块儿地被煸干，火不能大，火一大会焦；人也不能急，人一急就煸不香。还是第一次有人认真地跟我分享食物的做法，不同于我身边的其他人，他们只会说："好吃吧？好吃就吃多点儿、吃饱点儿。"他们只会和大人各自分享食谱，哪怕我也吃得很高兴。我想她是喜欢我的，这种喜欢好像有点儿不一样。

"爸妈回家了？"她轻轻地问我。

"是的。"原本以为今天傍晚能有妈妈帮我洗头和洗澡，还能窝在怀里伸个懒腰，然而期望就是可乐里面的气泡，一下子冲出瓶口，洒落在地面迅速破灭。

真的想哭。浴室里洗澡的人正将水往身上冲下，水"哗啦啦"地往下流，我的委屈也像这水一样痛快地泻出去。低着头，眼泪在眼眶里打转，咸香的鸭肉莫名咸得齁人。"我跟你说，你今晚跟我睡，我教你变香香的魔法。"菊秀老师拍了拍我的肩膀，我看着她，她扬着眉毛，一脸神秘的样子。“你闻闻我身上多香。”她把手臂伸前，我嗅了嗅，嗅到了她身上似茉莉、桂花、金银花清冽香甜，这些香味儿夹杂着她身上微微酸酸的汗味儿，在发霉闷湿的饭厅里溶溶流淌。“我跟你说哦，百花仙子就是香香的，你想当仙女吗？”“想。”哪个女孩儿不想当仙女，我也想当美丽神秘的仙女啊。

为了成为仙女，我穿着红色碎花的套装，上身是改良式旗袍短袖，下身是长裤，的确良的面料轻薄又凉快，快步走时布料摩擦着身体，光滑轻柔，这是最像仙女的衣服。自习课一结束，我就冲进菊秀老师的房间，她正在书桌前改作业，作业本上那红色的大大的勾像极了一尾跃水的鱼，在学生书写的淡蓝色的鱼塘里绽放出绚丽的色彩。

菊秀老师的窗户敞开着，看得到天空。有星星的晚上，天上像开满了蒲公英，飞得无边无际。一轮圆月挂在天空，等待变成仙女的心如这似水的月光，照得窗外的香樟树婆娑摇曳。

我站在床前看着菊秀老师从书桌上拿出一瓶绿色瓶的水，拿在手里笑着晃晃说：“你看，我要开始变香咯。”她白皙的手上长着淡黄色的老年斑。她拧开黑色的盖子，往床上撒。她的床单是粉红色的，中间有一朵大牡丹，洒在床单上的水慢慢地变淡直至消失，房间里充盈着清香的味道。她回过头笑着问我："怎么样，香吧？"我点了点头。"你身上要洒点儿吗？"我快速地点了点头，像只啄木鸟。菊秀老师将水洒在我身上后拧好盖子，指着瓶身上的三个大字说："花露水。""花露水？是百花仙子每天早早起来在花瓣上收集的水？"菊秀老师笑着点了点头。我脑海里浮现出美丽动人的百花仙子，在仙雾萦绕百花盛开的花园里，将花瓣上沾染着花朵香气晶莹剔透的露珠，一点儿点儿地装在瓶子里，瓶身上也有花，那是画着的鲜红的玫瑰。看我呆在那里，菊秀一边将花露水放回书桌上一边鼓励我说："转个圈圈吧，你就跟百花仙子一样香。"往自己身上闻了闻，真的是好香呐，这是百花仙子的水。看着自己衣服上满满当当的小花，除了我还有谁能当百花仙子？我衣服上的花好像毕毕剥剥地开了。我慢慢转着，像个仙子。墙上映出我巨大的身影，我沉浸在畅快和眩晕里。

菊秀老师把挂着的蚊帐放下，脚背搭在床沿上半跪着赶蚊子，半旧的红色塑料拖鞋，鞋跟磨损，一边高一边低。"好啦，没有蚊子了，我们睡觉吧。"她掀开一边的蚊帐，让我先钻进去，我已经停了下来，脑袋转得晕晕的，正扶着床栏，她一说好了，我立马脱掉鞋子滚了进去。

她的床又凉又香。从学校后面山林穿来的风清凉微醺，蚊帐飘动，菊秀老师把被子往我身上压了压，而后，轻轻地拍了拍我，我的心湿润了，在这个百花仙子的夜晚。

种出花园

我来到青梅家，青梅是天来叔公的小孙女。青梅正坐在家门槛上抱着布娃娃——一只长耳朵的小白兔发呆。青梅去到哪儿都抱着她的小白兔，小白兔雪白的绒毛都黑了，小白兔变成了小黑兔。如果小白兔愿意借我玩儿的话，我一定会把小白兔洗干净并且不弄脏。我相信小白兔也是很想要身上干干净净的。可惜青梅从不舍得把小白兔借我玩儿，除了小白兔还有她脖子上那条项链。青梅时常指着她脖子上跟家里的墙一样掉皮的圆珠子说："这是珍珠哦，真的珍珠哦。"青梅很爱她这两样东西，碰都不愿意我碰一下。这是她姐姐送给她的。青梅的姐姐叫建梅，建梅小学六年级都还没来得及毕业就被家里送去城市工厂里挣钱了。青梅家每月会收到建梅的信，信封里除了写满鸡爪般大字的信，还有几张钱，是给家里的生活费。每当这个时候，她们的妈妈就会骄傲地扬扬手中的信说：“你看，我们建梅不用怎么读书一样能挣钱，长大了一样要嫁掉的嘛。”为了省钱，建梅过年很少回来，不回来的春节里就给弟弟、妹妹寄礼物，青梅的小白兔和项链就是她姐姐在上一个春节送给她的。

青梅头发蓬松卷曲，后脑勺的马尾像把炸开的扫帚。青梅睁着纽扣般的大眼睛看着我，等我走到近前，眼睛弯弯，冒出星星般的亮光。“我来找你要点儿仙人掌。”我不好意思开口道。青梅头往一边歪，疑惑地看着我，这个动作好熟悉，她家的狗时常也这样，咧着嘴头歪一边，求摸。“我要种个花园，要种很多很多的花。”我张开双手在空中画出个大圆，青梅还是一副疑惑的小狗表情，我上前拉着她的手说：“走，我带你去看。”

我带青梅来到我家屋侧的空地上，我双手撑腰，脚下踩着野草和厚厚的青苔，松松柔软。空地在穿过竹林和杨梅树的小山顶上，空地的前面有一墩小青竹，妈妈打鲁草时就用小青竹剖劈成篾。空地四四方方，比家里的院子还大。我想在空地上种出个花园，一年四季开满花。

我要在空地的四周种上美人蕉，形成美人蕉围墙。家里院子一角就有美人蕉，美人蕉绿绿高高的秆，顶上是红红火火的花，一株株像美人，在阳光下明艳动人。风吹来时，扇子般的叶子鼓动，像美人蹁跹起舞。美人蕉不多，我拔了四株美人蕉，在空地的四边正中种下，美人蕉会不断长大、不断分株。我相信，用不了多久，四面都会长成美人蕉围墙。院子的美人蕉下种有薄荷，院子里的薄荷遇土就长，一场大雨后匍匐在地的根茎吸饱雨水一节节地长，新长的根茎，白亮脆嫩，墨绿的叶子亮得会发光，挤挤挨挨、热热闹闹地在微风中轻轻摇摆。我也要种薄荷，它们像孩子一样，让我的花园热闹起来。

家里的花除了美人蕉和薄荷，天井里还有朱顶红。朱顶红守着天井的清凉湿润，开出一朵朵喇叭状鲜红的花，它是娇美人，适合守着天井，在无人知晓的时间里独自绽放。若是把它种在向阳的空地上，怕是会失了它的心。

不种朱顶红，要种月季。祖屋的围墙上有株月季，月季种了十几年，从我记事起，它就长在那里，花开时满树花，花落时铺满地。我爱躺在月季下的围墙上，围墙的左边空了下去，有两三米高，能看得到一块块儿石头堆砌，那里蛇最多。躺在围墙上背上清凉，月季的芬芳萦绕，蓝蓝的天，祖屋那黑黑的瓦，时不时飘来的一朵云，都让我看呆。来不及数天上飘来的云是像马多，还是像兔子多，我已经睡了过去。

爸爸发现我有躺围墙睡着的习惯后，严肃地交代我不可以再去躺。围墙下那石头堆砌的空隙里藏有蛇，祖屋老了，围墙下的蛇一窝窝也不少，时常有蛇在祖屋的屋檐下溜过。我才不怕蛇呢，每次遇到蛇，爸爸都会用木棍打死，用火钳夹住丢到火堆里。祖屋的院子里傍晚时常有火堆，布惊树和艾草晾一两天用来烧，驱赶蚊子。一条凶猛的蛇，在火里烧没了影。爸爸也担心我睡着后翻个身就从围墙下掉到坎里去了。我也不怕，我从来没有摔下去过，每次醒来，我还是保持着睡着时的姿势，好几次啊，我都是被花瓣掉脸上痒醒的，还有次是被围绕着花朵的蜜蜂“嗡嗡”地吵醒的。我要在花园的最中间位置种月季，月季开花时我要跳舞，风吹过它，吹过我，一颗心微醺而浅醉。

家里有的，能分插去空地的只有这些了。我双手依然撑着腰，如领导视察工作般巡视了一圈空地。告诉青梅，我的花园四周有美人蕉围起来，像美女一排排整整齐齐地排着。美人蕉下我也种薄荷，薄荷一节节地往前匍匐，像条绿色的带子。正中间有月季，它又香又艳，该是花园的皇后。不种花的空地上就继续让长杂草和青苔，我想躺时就躺下，想怎么躺就怎么躺，想到处滚就到处滚。单单这些花是不够，还需要青梅家的仙人掌。

青梅家的仙人掌有大人高，屹立在青梅家的院子中。仙人掌一片片，像巨人的手掌。仙人掌长满刺，鸡、鸭、狗都不敢靠近。鸡在仙人掌周围划拉泥沙，刨出了一个坑，母鸡就爱窝在坑里，怀着将醒未醒的梦一窝一整天，别的鸡都不敢过去抢，不然一个冲击没刹住撞刺上了。不仅是鸡，就是我们能躲都躲开。要是一个转身就撞刺上了，那得多疼啊。仙人掌就像梯田里竖立着的稻草人，总能吓得住一两只不经意落下的鸟儿。我要在花园里种下仙人掌，像巨人一样，守护着我的花园。

青梅一脸崇拜地看着我，她的眼睛里闪着不可思议的光芒，爽快地答应了我，说我要多少都可以。这真是太好了，我的花园那样大，有“美人”，有“皇后”，有躺地的“孩子”，它们需要巨人稳稳当当地站在那里，彼此相望，风来时献出自己的舞蹈。青梅躺了下来，一手抱着小兔子，一手垫在自己的脑袋下当枕头，双腿交叉，我也跟着躺了下来。晒了一整天的土地，侧过头就能闻到干燥的泥土的气息，身下的杂草和青苔像块热烘烘的毯子，舒服得让人想睡觉。“我觉得吧，你的花园周围还应该种点儿西瓜，西瓜熟时，在花园里一边吃一边看花，多好。”是呢，西瓜也是我的爱，要是花园周边能种点儿西瓜，圆鼓鼓的西瓜一个个躺在地上，多像吃饱了躺床上不愿意起来的我啊。

西瓜苗容易有，前些日子我偷偷躲在屋后拉屎，吃西瓜时吞下的西瓜籽完好无缺地拉了出来，在屋后发了芽、长出了苗，我可以把这苗挪到花园边上。只要再来一个夏天，我相信，我的花园就会红的红、绿的绿。“到时候西瓜熟时，不知道我的姐姐回不回来，要是回来了还能吃得上西瓜。”青梅若有所思地说。我想了想，去年年前她们的妈妈扬着信说：“你们看，我建梅过年不回来，省下钱寄了回来，还给我们买了礼物，不回来是有大作用呢。”她姐姐该是不会回来。她的姐姐原本是朵花，却被砍下枝条，削掉叶子和花苞，充当了一根木棍。我曾经也想有个姐姐，时不时送我礼物的那种，可是想想，我还是不要这样的姐姐好，让人记挂却又无能为力。

天真的是蓝得不像话，天一蓝，云朵也轻，风一吹就飘走了。我和青梅都不说话，听着风穿过树梢，树叶发出“悉悉索索”的声音。风穿过大地的每个角落，却不告诉我们远处的风景，只有那些不知名的鸟儿，躲在这漫天遍野的郁郁葱葱里一声一声地叫喊着，它在的地方就是最美，要我们去找它。我才不信，这世界上所有的绿都一样，而花有几百、几千、几万种色彩，我要在我的空地里种出花园，我要让我的花就是花，让它们相聚在一起，只因花是花。

我们躺在还没有建成的花园里，已经拥有了一整个花园。

春天里要做的事儿

泥坑子的对面叫猪嫲坑。我想，比泥坑子还难听的名字就是猪嫲坑了。

虽然一样是坑，但是泥坑比猪嫲坑高级一点儿。就好比，同是外号，哥哥叫我野猪比叫我灯泡时更搞怪，挤眉弄眼的。泥坑子和猪嫲坑隔了条河和起伏的水田，和泥坑子一样，猪嫲坑也是依山势而建。猪嫲坑不大，只有两三户人家。站在奶奶家的院子里，往对面山上看，目光从一排排笔直的杉木间隙钻过去，就能看到躲在杉木后那白白的墙和黑黑的瓦。难兄难弟啊，该不会是因为名字难听，就害羞地躲了起来吧？

奶奶要去猪嫲坑换鸡蛋。奶奶的鸡蛋一枚枚地收在她房间里的土陶罐里，轻轻地放进去，也轻轻地拿出来，这样小心，仿佛手里拿着的是一枚枚光滑洁白的大珍珠。奶奶把土陶罐里的鸡蛋一枚枚拿出来，小心翼翼地摆放在桌子上，一枚接一枚，像串珍珠。常年被厨房的烟熏着的墙壁被这样白的鸡蛋衬托得越发黑。

熏黑的不只是墙壁，还有奶奶的床、桌椅和灯泡。灯泡上落了层厚厚的黑黑的灰，这灰沾染着一餐又一餐的油烟，牢牢地贴在灯泡上，任窗外屋后穿堂过来的风怎么吹，依旧年复一年日复一日地黑下去。房间里黑黑的，这可方便了大腹园蛛，爬在墙壁上，不仔细看，发现不了它。家里的昆虫都怕我，一旦被我抓住了，不是拆足就是卸翅，我就是它们的灾难啊。上屋天来叔公家的狗是清楚地知道我的德行的，那次我骑在它身上，要它像马一样跑起来。打那以后，好几次它见了我，闭着眼睛转过头，不理我。

奶奶右手捏住鸡蛋，举在灯泡前，左手半握拦住光，使光聚拢在鸡蛋上，就着灯泡散发出昏黄的光看鸡蛋里面有没有黑点。奶奶说照得到黑点的鸡蛋就能孵出小鸡，照不到黑点的鸡蛋只能用来吃。照得到黑点的鸡蛋她挑了出来放一边，一共有六个。没有照到黑点的鸡蛋挑出六个用布包好。

今年照得到黑点的鸡蛋比往年都少，奶奶说：“都怪你，公鸡打仔时你要去赶。”公鸡打仔时我确实是赶了不少。一到春天，母鸡们温顺得不行，公鸡稍微靠近，就蹲下了身子，公鸡立马骑了上去，骑就骑吧，还啄住母鸡的头，母鸡也不反抗，怕是不敢对公鸡反抗吧，毕竟公鸡啄人谁都怕。这也太欺负母鸡了吧，真当母的是吃素的？我拿起院子里靠墙放的扫把就把公鸡赶下去。

奶奶从床上拿起她的头帕，那是条黑色的，折贴成长三角的帕子，奶奶收拢起细细碎碎的头发，帕子一圈圈地围在头上，用绣花针别住。奶奶身上系了条深蓝色的半身围裙，穿的是深蓝色的粗布褂子，褂子穿得久了，泛着白。奶奶抱着布包着的鸡蛋，走到大门后，穿上她的军绿鞋。奶奶不爱穿鞋，就连下雨天也不穿，踩了一脚的烂泥回来，在院子里积水多的地方来回划拉两下，稍微冲洗下，就进屋。奶奶在前面走着，一对对脚印落在身后。一双军绿鞋，奶奶能穿好几年。奶奶从不会好好地穿鞋，脚穿进去，踩着鞋跟走，好似穿鞋是很不情愿的事儿。

这是初春。空气潮湿，远处的山白蒙蒙一片。大地湿润泥土蓬松，田野里有零零星星的嫩芽冒出，许多的植物，来不及收起白嫩的根须，从泥土里探伸出。路边的布惊树顶出了紫色的嫩芽，用手掐，白色的浆液流出。田野间的水渠里游满了一颗颗逗号般的小蝌蚪，它们甩起尾巴时，水里细细长长如发丝般的青苔也跟着甩动。

田里有人在干活儿。种玉米的田已经犁好，像女孩儿头顶上编着的一条条辫子。田地是村民们的脸，需勤勤恳恳地将地犁熟，仔仔细细地将杂草去了，该播种时播种，稍微松懈，田地就顶着一张未梳洗的脸，是会被人偷偷讨论的。玉米田里，村民夫妻俩一人一边，抓一把黑黑的泥土，窝成鸡蛋状，顶上用手指戳一个洞，放一粒玉米种子进去，再用泥土掩上，一个个泥土蛋整整齐齐放好。过个把日子，玉米跟小鸡仔一样，也会破壳而出。新的生命长出，总是得弄破点儿什么。夫妻俩无话，他们跟植物没什么区别，扎根在泥土里。

去猪嬷坑只有一条半米宽的小道。小道从山的侧边劈出来，蜿蜒而上，爬上这条小道，往右走几米，就到了猪嬷坑。去小道，得先过河，河上搭着几根木头拼成的桥，河不宽也不深，站在桥上我还是怕，怕掉下桥，被冰冷的河水冻坏。过了桥，有几棵芭蕉树。村里人喜欢种芭蕉，芭蕉种在屋侧，种在河边。蒸糯米糕时摘芭蕉叶铺在下面，蒸好的糯米糕带了股清香，我爱这清香，拿着糯米糕闻，怎么闻都闻不够。太阳烈的时候就躲芭蕉树下，阳光把芭蕉叶照得鲜翠透亮，起风时，芭蕉就像大象，扇动起大耳朵。植物也会跳舞，借着水，借着风。

走上小道，小道的左边是山，右边是崖。小道边有座房子。房子的主人已经好些日子没有回来过，大门砌上了泥砖，怕是再不会回来。听大人说过，这房子建得不好，正门正对着安葬山，那山上有许许多多的坟，我去过这座房子，是一个大姐姐带我去的，这是她家。她在屋侧种了有草珠子。草珠子由青软变灰、变硬时就可以摘下来，用针线穿成一条条长长的珠子，挂在门帘上。我也想要有这样的门帘珠子，手拨开珠子才能进屋，有种电视上皇后娘娘才有的精致和贵气。那天大姐姐给我摘了好多草珠子，特意交代我，草珠子穿了不能戴手上，戴了草珠子睡觉晚上会尿床。大姐姐好久没有见过了，她家的院子长满了芒草，芒草比人还高。杂草越茂密，挡住了阳光，越显得屋子阴森可怕。我赶紧走上前，紧紧拽住了走在前面的奶奶的衣角。

爬完小道是段平路，平路半米宽，左边是山，山下有方一尺宽的水池，水池里种有荷花，水池的边上有棵水蜜桃树。早就听哥哥说过，猪嫲坑里有荷花，是八仙过海里何仙姑手里拿着的那种花。这花我在书本上看过，大大的雨伞般的叶子，粉红娇艳的花像出浴美人。我想要一朵荷花，放在窗前，说不定晚上就会有仙女来。还有水蜜桃，哥哥说过，世界上最好吃的桃就是猪嫲坑的水蜜桃，这村子里唯一的一棵水蜜桃树。水蜜桃跟别的桃不一样，不会又硬又酸，水蜜桃啊，香甜多汁还大颗。经过水池，哪里有什么荷花，水面上除了落了好些桃花瓣，一点儿荷花的影子也没有。水蜜桃开花了，一簇簇地挂在枝头，像一群女孩儿，挤在一起吵吵嚷嚷。

奶奶包了六枚鸡蛋过来找肖婆婆换鸡蛋。肖婆婆笑呵呵地说："哎呀，又要你上来，我现在都不敢下这条路了，腿没有力了。"跟肖婆婆一样站院子里的是她养的公鸡，顶着火红的鸡冠站在院子里的李子树下看我们。估计跟奶奶家的公鸡一样，它该是不习惯此刻的清静。原先围着它转的母鸡们都在窝里孵小鸡，懒懒的，不肯出来。看它伸长脖子，昂首着头，火红的羽毛夹杂着有绿有黑的羽毛站在满树白花的李子树下，真的是光彩极了。看到我们来，它也不动。骄傲又神气。真的是被母鸡们给惯坏了！

肖婆婆的鸡蛋罐也放在她的房间里，房间跟奶奶的房间一样熏得乌黑。肖婆婆头上戴着跟奶奶一样的头帕，系着跟奶奶一样的围裙。村子里的婆婆们好似都一样，就如同这屋外远处山上的树，一样绿，一样挺拔，一样在泥土里长出根来。奶奶用六枚没有黑点的鸡蛋换了六枚有黑点的鸡蛋，跟肖婆婆拉起了家常。泥坑子和猪嫲坑虽然隔得不远，但是奶奶说那条小道太陡了。好似年轻时走了成千上百万次的小道，也会在年老时变得陌生。她们见一次面，都有着孩子般的欢天喜地。坐在大门口的凳子上，她们有说不完的话，肖婆婆就连家里的公鸡怎么跟母鸡抢食都说给奶奶听。

院子里，公鸡还站在李子树下，不理会肖婆婆跟奶奶说的话，它忙了起来。风一吹，李子花瓣“唰唰”掉落，公鸡伸长脖子去啄。

看吧，春天里，要做的事情很多：花要开，菜要种，鸡鸭猫狗要怀春。